# Tily

Novela

## Frank E. Peretti

EDITORA
Vida

ISBN 0-8297-0739-5

Categoría: Novelas cristianas

Este libro fue publicado originalmente en inglés con el título
*Tilly* por Crossway Books
© 1988 by Frank E. Peretti

Traducido del inglés por Miguel A. Mesías E.

Edición en idioma español
© 1989 EDITORIAL VIDA
Miami, Florida 33167

Segunda impresión, 1989

Cubierta diseñada por Joe Van Severen

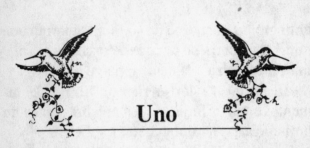

# Uno

Era un día de abril. La primavera había llegado de nuevo, como siempre, risueña y juguetona, llena de vitalidad; la primavera de siempre, nunca cambia ni un ápice. Una ligera brisa, aire frío residuo del invierno que se resiste a irse, jugueteaba sobre la hierba ondulante del viejo cementerio, esparciendo el perfume de los capullos de los frutales y las lilas, así como de la hierba recién cortada. Más allá de las ordenadas hileras de lápidas grises y descoloridas, trinaban los pájaros.

*Abril. Ya está aquí de nuevo,* pensó Caty. *Flota en el ambiente. Llena el mundo entero. Yo ya debería sentir calor.*

Pero sentía frío, y tiritó un poco mientras escuchaba, con su mano apoyaba en el brazo de Daniel, las palabras finales del pastor Taylor.

—... Puesto que el Señor Todopoderoso ha recogido el alma del que fue nuestro hermano, entregamos el cuerpo de su morada terrena de nuevo a la tierra de donde fue tomado; tierra a la tierra, ceniza a la ceniza, polvo al polvo...

El pastor Taylor leía en un librito, lentamente, como asimilando las palabras antes de pronunciarlas audiblemente.

—... Porque sabemos que si nuestra morada terrestre, este tabernáculo, se deshiciere, tenemos de Dios un edificio, una casa no hecha de manos, eterna, en los cielos...

*Todo esto se ve tan solitario*, pensó Caty.

Los tres eran los únicos que se encontraban junto al sencillo ataúd gris, adornado con un ramo de flores. El culto funeral junto a la tumba casi ni se dejaba notar, y la voz del pastor tampoco iba muy lejos.

—Oremos —dijo el pastor.

Repitieron la oración modelo, los tres juntos.

El pastor Taylor cerró el librito, y levantando la vista dijo:

—Con eso concluye nuestro culto fúnebre.

Sonrió, aspiró profundamente, y lanzó un suspiro como de alivio, y añadió:

—Quiero darles las gracias por haber venido.

—No hay de qué darlas, pastor —respondió Daniel.

—Encantados de poder hacerlo —dijo Caty.

El ministro echó otro vistazo al ataúd.

—¿Conocieron ustedes a Pancho Pérez?

Daniel negó con un gesto.

—No, pastor. En realidad, no. Solía comprarle el periódico, pero eso es todo.

El pastor Taylor volvió a mirarles, y luego paseó su vista por el cementerio. Daniel y Caty podían sentir lo mismo. La distancia se abría sin interrupción hasta donde la vista llegaba.

El ministro dijo:

—Realmente aprecio mucho que ustedes hayan venido. Independientemente de cuán bien o cuán poco conocieron ustedes a Pancho, hubiera sido una lástima que muriera sin que nadie lo llorara ni recordara.

—Bueno —dijo Caty—, alguien tiene que interesarse, incluso aun cuando sea un extraño.

El pastor asintió con la cabeza, y sonrió.

—Gracias por interesarse.

Sus palabras eran sinceras. Caty sintió calor por primera vez.

—¡Gracias por el hermoso culto! —exclamó ella.

El viejo cuidador se hallaba en su camioneta, a poca distancia. El pastor Taylor se acercó a él para ultimar los detalles, y Daniel y Caty empezaron a cruzar el cementerio, dirigiéndose hacia su vehículo.

—Sí —dijo Daniel calmadamente—, el buen anciano Pancho Pérez. La esquina de la calle Tercera y Ambar no será la misma sin él y sin su quiosco de periódicos.

—Es triste —dijo Caty—. Ese fue el funeral más pequeño que jamás he visto.

—Así es; pero a veces así ocurre. La gente anda siempre atareada, nunca llegaron a conocerle realmente, tienen otras cosas que hacer...

—Me pregunto si alguna vez lo extrañarán.

—Pienso que sí... al menos por un tiempo.

Anduvieron en silencio unos cuantos pasos antes de que Daniel volviera a hablar, poniendo en palabras su próximo pensamiento.

—Murió en la soledad; eso es cierto. Creo que finalmente lo encontraron muerto en su cuartito del hotel...

—¡No! ¡Basta! ¡No sigas!

Daniel optó por dejar el tema.

—Me alegro de que vinimos. Pienso que fue una buena idea.

Caty sonrió, y aceptó el cumplido. Sin embargo, tenía que decir de nuevo:

—¡Qué triste!

—Así es —dijo él mientras buscaba las llaves del auto.

—¿Sabes qué? Si te esperas aquí, yo puedo ir a traer el auto y recogerte...

Caty le apretó el brazo. Tenía la vista fija en algún punto al otro lado del cementerio. Daniel se detuvo a media frase.

Miró en la misma dirección, y pudo distinguir también a la mujer, joven, trigueña y hermosa, apenas un paso más allá de una hilera de viejas lápidas. Se hallaba arrodillada sobre la hierba, tenía un ramo de flores en su mano, y la cabeza inclinada en oración. Inmóvil; el color de su cabello, las flores, y el prado completaban la perfección. El cuadro les hizo detenerse.

Caty estaba pasmada.

—¡Es hermoso! —susurró.

Daniel asintió en silencio.

Se quedaron observando el cuadro. La mujer se movió casi imperceptiblemente, apenas lo suficiente para colocar las flores sobre la tumba.

—Eso hace que te preguntes qué historia hay detrás —dijo Caty—. Un esposo desaparecido antes de tiempo, un hijo o un hermano muerto en la guerra...

Sonrió.

Daniel se sorprendió un poco al notar que Caty empezaba a caminar en dirección a la mujer. Trató de detenerla.

—¡Espera! ¡Espera!

Caty se separó de él.

—¡No! No voy a hacer nada.

—Caty, estoy seguro de que aquella señora no tiene ganas de conversar con nadie ahora.

Caty se sintió ofendida.

—No voy a conversar con ella. Sólo quiero ver la lápida. Eso es todo.

Caty siguió avanzando, y Daniel desistió en seguirla. Se quedó mirándola, y rogando que no ocurriera nada terrible.

Caty avanzó calladamente. Podía oír la voz apagada de la oración de la mujer, casi susurrando su súplica, pero a veces fluyendo con dulzura y claridad en la voz. Parecía estar tan abstraída en su oración, tan completamente

ajena a lo que la rodeaba, que Caty casi decidió regresar, para no perturbar el momento. Sin embargo, decidió avanzar sencillamente con más cuidado.

Podía distinguir apenas la esquina de la lápida por sobre el hombro de la mujer, pero el resplandor del sol le impedía distinguir la inscripción. Se acercó un poco más, quedamente. Apenas un poco a un lado. Ya está.

Ahora podía leer el nombre.

—Tily.

Se le salió de los labios. El nombre la dejó perpleja, le tocó el corazón, y antes de que pudiera detenerse, ya lo había dicho en un susurro. Pensó que nadie iba a oír un susurro tan quedo.

Pero la mujer lo había oído. Ahogó un grito de sorpresa, y alzó la vista para ver a Caty. En sus ojos se veía la consternación.

Caty sintió el aguijón de la vergüenza.

—¡Oh... discúlpeme... por favor! No pretendía interrum...

Pero entonces los ojos se abrieron todavía más. La mujer volvió la cara y se quedó mirando la tumba. Empezó entonces a temblar.

—¡No..! —Caty tartamudeó, retrocediendo—. ¡No! No... está bien.

Caty tropezó con Daniel.

—¡Discúlpenos! —dijo él con un tono de irritación en su voz—. Ya nos vamos.

La mujer no volvió a mirarlos. Había hundido la cara en sus manos.

Caty trató de mostrarle amistad.

—¿Quién... quién era Tily?

La mujer se levantó como un rayo, como un animal acorralado, esparciendo las flores por todos lados; y salió corriendo, desaforadamente, como si huyera para salvar su vida.

—¡No! ¡Espere! —gritó Caty—. No hemos querido ofenderla. Por favor, no corra.

El apretón con que Daniel la detenía por el brazo empezaba a dolerle.

—¡Vaya, vaya! ¡No puedo creerlo!

Caty no alcanzaba a imaginarse cómo podía corregir la terrible equivocación.

—¡Vámonos! —dijo.

Daniel le volvió a decir, en voz baja, esperando que ella captara la idea.

—Caty, olvídalo. Ya es suficiente.

Caty no tuvo otro remedio. La mujer había desaparecido. El día estaba arruinado.

—Me siento muy mal.

Daniel tuvo que hacer un doble esfuerzo para mostrarse compasivo.

—Bueno, pues... Caty, confiaba en que te darías cuenta de que este era uno de aquellos momentos muy íntimos de ella.

—La asusté, Daniel. La asusté, y esa no era mi intención.

—Es que...

Daniel batallaba para hallar una respuesta que la calmara.

—Es que... las emociones, tú sabes. Las emociones se desbordan en un lugar como éste.

—¿Viste la expresión en su cara cuando me vio?

—¡Uhm! ¿Quién sabe en qué estaría pensando? Todo es cuestión de emociones.

Caty miró de nuevo la lápida. Ahora podía verla por claramente. Había en ella solamente un nombre: Tily.

Tily. No podía quitar de allí sus ojos. No quería hacerlo. Remotamente, Daniel continuaba hablando: se refería al almuerzo, al auto, al resto de la tarde. Pero Caty seguía ensimismada mirando el epitafio.

Tily. ¿Qué fecha?

Caty se inclinó para mirar de cerca. Había sólo una fecha. Sólo una. Nueve años atrás.

—¡Caty! —volvió a resonar la voz de Daniel—. ¿Qué haces?

Caty no pudo encontrar explicación alguna. No se le ocurrió ninguna.

—Tily. Quiero decir... eso es todo lo que dice.

Daniel pudo sólo responder:

—¡Uhm!

—Y sólo una fecha. ¿Lo ves?

Daniel lanzó un suspiro de resignación, y se quedó quieto por un momento.

—Me imagino, como lo dijiste, que debe de haber una historia detrás de todo esto. ¿Es eso lo que estás pensando?

—¡Oh... no... Realmente, no!

Ella miró de nuevo el epitafio.

—Es que... en realidad no lo sé.

Caty pudo oír el tintineo de las llaves del automóvil.

—Voy a traer el auto. Espérame junto al camino.

—Aquí voy a estar.

Daniel esperó todavía por unos momentos. Ella volvió a decirle:

—Anda. Vete. Aquí voy a estar.

El no volvió a replicar ni una palabra. Ella pudo oír sus pasos que se alejaban.

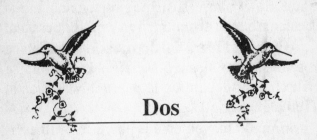

# Dos

Daniel se dio vuelta, y miró la esfera iluminada del reloj junto a su cama. Era la una y media de la madrugada. ¿Dónde estaba Caty? No había notado cuando ella se había levantado, y ya no estaba allí, como tantas otras noches anteriores. Se puso de espaldas, y se quedó contemplando el cielo raso, con la muñeca sobre su frente. ¿Debería levantarse y buscarla? *¿Qué tal si vuelve a regañarme por hacerlo? ¿Qué tal si nos enredamos otra vez en una pelea? Vaya; en realidad no valdría la pena. Tal vez lo que debo hacer es dejar quieto el asunto, tratar de conservar la paz.*

—Señor —medio que rezongó y medio que oró—, tenemos un serio problema, y sencillamente no sé qué hacer.

Se quedó acostado, pensando, pero sólo por un momento. Luego echó a un lado las cobijas, se sentó en la cama buscando con los pies sus pantuflas, y alargó su mano para tomar la salida de cama que se encontraba en una silla cercana.

El pasillo fuera del dormitorio se hallaba a oscuras, pero alcanzó a divisar la luz que se filtraba por debajo de la puerta de la oficina. Tenía que ser ella.

Empujó suavemente la puerta. Sí, allí estaba ella, acurrucada en un pequeño sofá, a la luz de la lámpara del escritorio, con un enorme libro sobre sus faldas, y lágrimas frescas en sus mejillas. Ella no le oyó llegar.

—¿Caty?

La asustó. Ella volvió su cara rápidamente, limpiándose sus lágrimas.

—¿Estás bien?

Ella pareció molestarse por la pregunta.

—Por supuesto que estoy bien.

Daniel vaciló por un momento en el umbral. Continuaba pensando que tal vez lo mejor sería no volver a tocar el asunto.

—¿Puedo pasar?

Ella no respondió. Finalmente él decidió correr la suerte, y entró, sentándose muy quedamente, y con mucho cuidado, en la silla del escritorio, no muy lejos del sofá. Ahora estaba frente a ella, y ella no podía alejarse de él.

Ella se limpió el rostro con la manga de su blusa.

—No estaba llorando.

Daniel decidió no tocar el tema. Por un momento muy difícil y sin hallar qué decir, se quedó mirándola. Notó que los dedos de ella tamborileaban acompasadamente. Los tomó entre sus manos, y los oprimió.

—¿Hay algo que puedo hacer?

Era algo que se podía decir con seguridad. Caty se sintió menos tensa, y volvió a secarse otra lágrima, sin intentar esconderla.

—¡No lo sé! —fue lo único que pudo decir al principio.

Daniel temía que la conversación hubiera terminado, pero ella finalmente volvió a decir, casi atolondradamente:

—Lo siento, Daniel. Yo realmente no quiero estar así.

—Lo sé.

—Tú y nuestros hijos deben pensar que soy terrible...

—No, no, Caty. No lo creemos así. Sin embargo, estamos muy preocupados. Ya es más de una semana.

Caty se frotó los ojos y la cara, exhausta.

—Voy a sobreponerme a esto. Sólo es cuestión de un poco de tiempo. Eso es todo.

—Creo que lo que necesitas es dormir un poco.

—Daniel, no puedo dormir.

—¡Oh, ya lo sé! Pero eso también me preocupa. Tienes que verte tú misma. Pareces...

—Por favor, ¡no me digas como parezco!

Daniel no continuó. Incluso alzó su mano como si fuera a detener los pensamientos de ella, pero lo notó, y volvió a bajarla de inmediato.

No. No podía perderla de nuevo; no podía permitirle que se encerrara en su mundo privado, dejándolo fuera. Se sintió como si él mismo estuviera también a punto de llorar.

—Caty —dijo calladamente, con desesperación—te quiero realmente. Quiero que sepas eso.

Ella se quedó mirándolo, quizá por primera vez.

—¿Lo dices en serio?

Daniel se levantó de su silla, y fue a sentarse en el sofá, junto a ella; la abrazó y la apretujó contra sí. Ella recibió con agrado su cariño; se quedó disfrutándolo junto a su pecho.

—¡Te quiero! —dijo Daniel—. Te quiero de verdad.

—¿Piensas tú que soy una buena persona?

—Eres la mejor.

Los labios de Caty empezaron a temblar, y ella bajó la cabeza.

—¡Oh! ¡Vamos, vamos! —dijo Daniel.

Ella se estremeció con su primer gemido.

—Yo siempre quise ser buena. Siempre he tratado de serlo.

El le tocó la cara.

—Tú eres una persona maravillosa. No te cambiaría por nada.

Ella se abrazó más fuertemente a él, sin decir nada. No era necesario. El sabía cómo quererla, y se sentía contento de hacerlo. No necesitaban más palabras sino sólo tiempo el uno con el otro. Se dieron tiempo, y ella pareció descansar un poco mejor.

El notó el volumen que ella tenía en su falda.

—¿Qué tienes allí?

—Ella dio un vistazo de reojo al álbum.

—Un álbum de fotografías.

El alargó su mano, lo tomó, y lo abrió. Una sonrisa fue inevitable.

—¡Vaya, vaya! Aquí hay realmente buenas historias.

Caty prestó un poco más de atención al álbum.

Habían visto juntos las mismas fotografías tantas y tantas veces, pero aquella noche produjo un efecto saludable sólo con volver a mirar nuevamente aquellas caritas sonrientes, risueñas y vivarachas. Como siempre, parecía que no había pasado mucho tiempo.

La pequeña Amelia y su nuevo auto. El atolondrado Bruce con su trofeo de fútbol de sexto grado. Tomasito mostraba el diente que acababa de perder.

Unas páginas atrás encontraron las fotografías de una navidad pasada, y los hijos más pequeños todavía.

—¿Qué edad tenían cuando les tomamos estas fotos? —preguntó Daniel.

—Esa era nuestra casa anterior en la ciudad de Hoodsport. Bruce debe de haber tenido como tres años, de modo que Amelia debe de haber tenido como dos.

—¿Y Tomás?

—Pienso que yo todavía estaba encinta con él.

Daniel volvió la página.

Caty soltó una risita entrecortada al ver una fotografía nada halagadora.

—¡Vaya, claro que lo estaba!

Daniel se rió también.

—¡Claro que lo estabas!

Luego meneó la cabeza y añadió:

—¡Mira ahora a estos muchachos! Bruce está ya en la universidad, Amelia estudia en la secundaria, y Tomás es un...

—¡Un quinceañero!

—¡Sí! Es verdad.

Ambos se rieron, y eso fue algo muy bueno que les ayudó a aliviar la tensión.

—¡Es suficiente!

Se quedaron sentados juntos en el sofá por un rato más, disfrutando cada uno de la compañía del otro, así como el tiempo que transcurría en paz y en silencio.

—¿Has estado pensando mucho en los hijos últimamente?

—¡Oh! Yo siempre estoy pensando en los hijos.

—¡Sí! Ya lo sé, pero...

—Pero ¿qué!

—Bueno, es que esta noche es el álbum de fotografías, anoche sacaste sus viejos juguetes, y antenoche, ¿acaso no te quedaste sentada toda la noche en el cuarto de costura?

—Había quietud allí.

Daniel podía sentir que era arriesgado incluso decirlo.

—Es que ese solía ser el cuarto de los pequeños, ¿recuerdas?

Caty se quedó quieta. Daniel se sintió perplejo. Tal vez había hablado demasiado.

—Sólo quería... ¡Vaya... tú sabes! —carraspeó.

—¿Fui una buena madre?

Daniel le habló en forma directa, con toda sinceridad.

—Querida, fuiste maravillosa. Todavía lo eres. Los muchachos se han criado bien en realidad.

—¿Hice lo correcto?

De modo que el dolor todavía estaba allí. Ahora tenían que continuar hablando del asunto.

—Cariño mío, en realidad, cuando todo ya se ha dicho y hecho, no tienes nada de qué lamentarte. No es necesario retroceder y volver a hacerlo todo de nuevo.

Un instante más tarde Caty cerró súbitamente el álbum.

—Creo que me voy a la cama.

La conversación había terminado. Daniel se sintió aliviado.

Caty se levantó del sofá, y Daniel continuó abrazándola. Se dirigieron juntos de vuelta al dormitorio.

—Gracias por quererme — dijo ella.

—Nunca dudes de eso —contestó él.

En algún momento de la madrugada Caty finalmente se quedó dormida, con un sueño intranquilo. Si Daniel pudo dormir al cabo, no podía recordarlo.

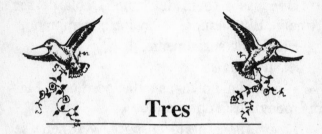

# Tres

*No he usado esta máquina de afeitar por muchos años*, pensó Daniel, inclinado sobre el lavamanos, y esperanzado de que todavía estuviera suficientemente afilada. Quería que todo estuviera en silencio, cueste lo que cueste. Había que dejar que la mujer durmiera.

La crema de afeitar estaba atascada y aguada. La tapa de la lata había empezado a enmohecerse.

Se sentía cansado, fastidiado, y sus pensamientos no fluían con claridad esa mañana; sin embargo eran lo suficientemente claros. Había hecho planes para el día. Los había confirmado tan pronto como la aurora empezó a clarear a través de la ventana.

De modo que hay que enfrentarlo, pensó, *cueste lo que cueste. Ya no me importa. Sencillamente acabemos de una vez por todas este asunto.*

Oyó pasos fuera del baño. Debía de ser Amelia. Ella siempre se levantaba temprano.

Ella llamó suavemente.

El susurró:

—¡Amelia, no hagas bulla, por favor! Mamá todavía está durmiendo.

La puerta se abrió un poco, y Amelia se asomó a mirar. Daniel pensó que ella se parecía muy poco a la fotografía de la nenita que habían visto la noche anterior o, en realidad, esa madrugada.

—¿Mamá está durmiendo? —susurró Amelia, abriendo grandemente sus ojos azules—. ¡Estás bromeando!

—Diles a Bruce y a Tomás que no hagan bulla. No quiero que nada la despierte.

Una sonrisa apareció en el rostro de la muchacha.

—¿Entonces por eso usted estás usando la vieja máquina de afeitar?

El ya había conseguido dar algunos pases con cierto éxito.

—La eléctrica es demasiado ruidosa.

Entonces Amelia exclamó:

—¡Oh, no! ¿Qué vamos a hacer con el radio de Tomás?

—Tendrá que pasárselas sin él esta mañana. Eso es seguro. ¿Por qué no vas a su dormitorio y se lo desconectas?

Ella estuvo de acuerdo.

—Está bien.

—¿Amelia?

Ella se detuvo, y se asomó de nuevo.

—Escucha. Yo tengo que salir en seguida. ¿Puedes despertar a Tomás, y llevarlo hasta la escuela? Yo no voy en esa dirección.

—¿No vas a trabajar hoy?

—No. Sólo hay que mudar alguna propiedad, y no me necesitan. Yo tengo otras cosas que atender. ¿Puedes ayudarme con eso?

—¡Por supuesto!

—Y no sé qué va a pasar con tu mamá y yo hoy. Ella necesita dormir, y yo no sé a qué hora voy a regresar...

Amelia bajó la voz aún más, y se inclinó hacia la puerta.

—¿Anda todo bien?

Daniel no quería mentir, pero pensó antes de contestar.

—Estamos arreglando ciertas cosas. Todo está bien.

Amelia iba a hacer otra pregunta, pero súbitamente se escuchó un tremendo estrépito al otro lado del pasillo.

El radio de Tomás.

Amelia desapareció como un relámpago, y Daniel se sintió aliviado por no tener que dar más explicaciones.

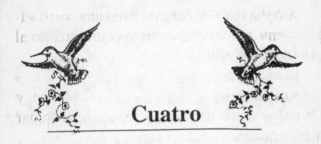

# Cuatro

Caty pensó que el ruido se iría, y que podría continuar durmiendo, acostada en la cama, sin moverse para nada, como si pesara toneladas, ajena completamente al mundo. Contemplaba los sueños que deambulaban por su mente, de esta manera y de la otra, de cuadro en cuadro, sin ningún sentido o razón. Era el escape perfecto, la insensibilidad perfecta. Podía quedarse allí para siempre.

Pero el ruido volvió a repetirse. *Oh, ya se callará. Sólo quiero seguir soñando.*

Ahora el ruido penetraba y salía de sus sueños. Era una intrusión. Era desagradable. Era... ¡rudo!

Vamos, veamos el resto del sueño. ¿Dónde nos quedamos?

Más del ruido. Niños. Eso era. ¡Niños!

*Yo no tengo ningún niño pequeño. Ningún niño vive por aquí. Debe de ser parte del sueño.*

Sonaba como si fuera el patio de una escuela. Cientos de voces, todas como chillidos, gritando y riendo.

No estoy despierta, pensó Caty. *No voy a despertarme. No me pueden hacer esto.*

Podía sentir la almohada. Extendió su mano, y palpó las sábanas con los dedos. Estaba despierta.

¡Y había niños jugando afuera, al pie de su ventana!

*Lo que quiere decir que no puedo estar despierta. Esto es todavía parte del sueño. Yo no tengo niños en mi patio, de ninguna manera.*

Se quedó acostada por un momento más. Estaba despierta. Estaba segura de estarlo. Su dormitorio estaba allí, y todo estaba en su lugar. Podía oír las voces de los pequeños afuera. Ahora empezaba a enfadarse, lo que quería decir que estaba despierta.

*¡Esos chiquillos me despertaron!*

No puedo creerlo. No puedo creerlo. Yo no lo he pedido, no merezco que me hagan esto. ¡Alguien se ha metido en un gran problema!

Se volvió para levantarse de la cama, y vacilante se puso de pie. Las cortinas estaban cerradas, y una tenue luz difusa iluminaba suavemente la habitación. *¿Qué hora será?*

¿Dónde estaba el reloj? Se inclinó sobre la cama, tratando de ver la luz de la es*fera del reloj digital sobre la mesita. No estaba allí. Daniel debe de haberlo quitado. Tal vez Tomasito se lo llevó. Ya me van a oír acerca de esto.*

Abrió un poco las cortinas. La luz del sol le dio de lleno, y le obligó a cerrar los ojos. Era enceguecedora. Pensó que vio algo allá afuera, algo que se movía... Pero tuvo que darse por vencida, y dejar que las cortinas volvieran a caer. Ahora veía puntos azules frente a sus ojos. Tomó su ropa, se puso sus pantuflas y se encaminó hacia la puerta.

Sintió un aguijoneo de temor en su estómago. Los ojos le ardían. El pasillo nunca se había visto como se veía ahora, tan brillantemente iluminado. La luz del sol —si acaso era la luz del sol— entraba a raudales a la casa por todas las ventanas, y por todos lados. Se detuvo en el umbral, vacilando si dar o no dar otro paso.

—¿Daniel?

No hubo respuesta.

—¿Amelia?

La casa estaba quieta e inmóvil, excepto por todos aquellos chiquillos afuera.

Sus ojos se acostumbraron a la luz. Poco a poco se le disipó el temor, sin que ella siquiera lo notara. Empezó a avanzar por el corredor, dándole un vistazo al cuarto de baño, al cuarto de costura, al dormitorio de Amelia. Todo el mundo se había ido.

Todos se habían marchado, y había quedado sola con este problema, con este rudo despertar. Se fue a la cocina, dio la vuelta casi rozando el refrigerador... y luego se detuvo casi llegando a la puerta de cristal corrediza. La luz brillante del día entraba a raudales, y ella tuvo que parpadear de nuevo, pero ahora ya podía ver. Podía verlo todo.

Y no quería creerlo.

Al otro lado de la puerta, más allá del portal, había niños jugando, ¡cientos de ellos! Caty hizo sombra con su mano sobre sus ojos. No podía distinguir los límites de su patio, ni podía ver la cerca de atrás. Todo lo que podía ver era un mar de muchachitos que brincaban, saltaban y alborotaban.

Puso su mano en la manija de la puerta, reunió fuerzas, y la empujó para abrirla.

Los niños no parecieron notar su presencia,
o que les importara. Continuaron jugando, corriendo, arrojando pelotas, brincando, empu-
jándose, subiéndose a los árboles, y producien-
do terrible alboroto.

Caty avanzó hasta la baranda. Debajo de
aquellos cuerpecitos que corrían había un césped que clamaba misericordia. Esto tenía que
terminar.

—¡Hey!

Algunos chiquillos por fin la notaron. El
resto estaba ocupado corriendo, jugando a la
pelota, tocando a los oponentes, o subiendo a
los árboles.

—¡Hey!

Un murmullo pidiendo silencio empezó a
recorrer desde los primeros hasta los de más
atrás de la muchedumbre, como se devuelve
una ola al océano. Cientos de pequeños ojos la
miraban, prestándole considerable buena atención. Caty hubiera quedado bien impresionada
por su cortesía, pero estaba demasiado enfadada.

—¿Qué hacen ustedes en mi patio? —preguntó, con su voz afectada por la cólera, y alto
como para que pudiera escucharse hasta las

filas de atrás—. ¿Saben una cosa? ¡Ustedes están exactamente al pie de mi dormitorio, y yo estaba tratando de dormir? Ahora, quiero que todos ustedes...

Las palabras habían brotado sin que siquiera las pensara propiamente, y ya no podía recogerlas. ¿Qué estaba haciendo? Ella... bueno, estaba hablando a una multitud de muchachitos, que se hallaban en su patio sin ninguna razón aparente.

Los niños la escuchaban, esperando que volviera a hablar. Ella tuvo que mirarlos de nuevo, desde los jugadores de fútbol a la izquierda, hasta los saltimbanquis de la derecha; de las pequeñas caritas rollizas al frente, hasta los conquistadores de árboles hacia atrás. Eran verdaderamente reales. Se parecían a cualquier grupo de escolares en cualquier patio de una escuela. Había blancos, negros, orientales, altos, pequeños, lindos, feos, retraídos, exuberantes; toda la gama.

Había sólo una cosa verdaderamente equivocada: ella contaba con toda su atención.

Caty procuró hallar palabras, y rápidamente balbuceó antes de que se perdiera este precioso momento:

—Quiero... quiero saber de dónde salieron todos ustedes. Díganmelo.

Un niño en las primeras filas le respondió rápida y claramente:

—Nosotros vivimos aquí.

No. No, esa no era una respuesta satisfactoria.

—¿Qué quieres decir con eso de que viven aquí?

Una niñita más atrás simplemente repitió la respuesta, totalmente satisfecha con ella:

—Nosotros vivimos aquí.

Un muchachito flaco y alto corroboró lo dicho:

—Es verdad. Todos nosotros vivimos aquí.

Caty sacudió la cabeza, y alzó la mano haciendo un ademán para que no hubiera más de tales respuestas.

—¡No, no! ¡Escúchenme! ¡Esta es mi casa, y este es mi patio, y ustedes no viven aquí!

Una muchachita rubia contestó:

—Vivimos por aquí.

Los otros la oyeron, y comenzaron a reírse. Pensaron que eso resolvería el asunto.

Pero eso no era así, al menos en cuanto concernía a Caty.

—Lo dudo. No he visto a ninguno de ustedes en este vecindario antes, mucho menos a todos ustedes. ¿Vienen de alguna escuela o algo así?

Ahora los niños se miraban el uno al otro, perplejos. Caty escogió al muchachito flaco y alto para dirigirle directamente la pregunta.

—Jovencito, te voy a hacer una pregunta.

El muchacho le dio una mirada fría, y respondió:

—¿A mí?

—Sí, a ti. ¿Cómo te llamas?

—¿Mi nombre?

Caty no podía creerlo. Ella lo había asustado.

—¿Me oíste?

El muchacho empezó a pensar intensamente. Hasta miró a sus amigos esperando alguna ayuda. Un pequeño le dijo al oído varias sugerencias.

—Bueno —contestó al fin—, creo que no tengo nombre.

Los chiquillos a su alrededor se miraron conteniendo la risa.

Caty no pensó que el asunto fuera cómico. Pensó que era grosero y descortés.

—Está bien, tal vez lo que voy a tener que hacer es hablar con tus padres, ¿eh? ¿Quieres que haga eso?

Eso no pareció importarle; por el contrario, lo dejó más perplejo todavía. Miró a sus amigos, y éstos le susurraron algo, meneando la cabeza y encogiéndose de hombros.

El muchacho la miró de nuevo, entristecido por tener que decirle:

—No tengo padres tampoco, señora.

Caty estaba a punto de saltar hasta el techo.

—¿Estás tratando de dártelas de listo?

—¡Es cierto, señora! —dijo casi como una súplica la niñita rubia—. Ninguno de nosotros tiene padres.

—Ninguno de nosotros —intervino el negrito.

—Está bien, rubiecita; puesto que parece que tú sabes mucho. ¿Quién, entonces, eres tú?

—Yo soy... Bueno... yo soy yo.

Su amigo acudió en su auxilio.

—Algunas veces la llamamos Ojos Azules.

Caty señaló con su dedo su naricita.

—Quiero saber tu nombre.

La pequeña respondió como suplicando:

—¡Yo tampoco tengo nombre!

Caty se apoyó en la baranda. Estaba empezando a creerlo.

—¿No tienen nombre... no tienen padres? ¿Ninguno de ustedes?

Todos asintieron, afirmándolo. Se sintieron aliviados de que ella finalmente empezara a entenderlo.

—Pero eso no tiene sentido, y ustedes lo saben... ¡y yo todavía no sé de dónde han salido ustedes!

—¡Vaya! —se aventuró a decir un chiquillo—, nosotros también nos preguntábamos de dónde había salido usted.

Todos movieron la cabeza asintiendo a la aseveración.

*No consigo nada,* pensó Caty. *Un poco más de esto, y me volveré loca.*

—¡Está bien! —gritó tratando de hacerse oír en medio del vocerío—. ¡Basta! ¡Ya es suficiente! ¡Quiero que todos ustedes, y no me importa quiénes sean, salgan de mi patio en este mismo instante! ¡Fuera, todos!

Una oleada de pequeños cuerpos empezó a moverse hacia afuera; el césped frente al portal comenzó a reaparecer. Los niños no parecían estar demasiado enfadados. Obedecieron de

inmediato, saliendo del patio en todas direcciones.

Caty todavía estaba que echaba chispas.

—¡Eh, ustedes dos! ¡Ustedes dos allí! ¡Lárguense ya! ¡Y ustedes dos, bájense de ese árbol, que van a acabar rompiendo una rama! ¡Fuera!

Los niños se dejaron caer de los árboles como fruta madura, y se esparcieron como los demás.

Caty se aferró a la baranda. Por lo menos era algo sólido, algo que podía usar para orientarse con el mundo real, si acaso ese era un mundo real. Lo que acababa de ver y oír bien podía no haber sido real, pero todo lo demás parecía ser muy real. El portal estaba allí, como siempre, así como la casa y el patio. No se sentía mareada, ni embriagada, ni drogada; estaba bastante segura de que las tenía todas consigo.

*Hay una explicación*, se dijo para sus adentros. *Debe ser un desafortunado incidente. Apuesto a que Daniel se salió con uno de sus torbellinos de ideas, algún enorme esquema publicitario, y sencillamente se le olvidó decírmelo. Después de todo, he estado tan fuera de la realidad, que a lo mejor me lo dijo pero yo no le presté atención. Así debe ser. Cuando él llegue a casa, se lo preguntaré.*

Puso su mano sobre la manija de la puerta. *Tengo que empezar el día. Todo esto tendrá sentido dentro de poco rato.*

Entonces sus ojos tropezaron con algo blanco, y desvió su vista casi por reflejo.

Era una niñita vestida de blanco, con una bufanda de color claro sobre su largo pelo negro. Estaba sentada, casi escondiéndose, en el escalón de más abajo de las gradas de atrás. Cuando sus ojos se encontraron, ella bajó la mirada; pero entonces, con aire de pedir disculpa, volvió a mirar a Caty. Había estado llorando, y sus ojos todavía estaban húmedos.

Por un momento ninguna dijo palabra alguna, ni tampoco retiraron su mirada.

Caty tuvo dificultad para hablar con voz firme.

—¿Y bien, qué estás haciendo todavía aquí?

La niñita debe de haberse encontrado justo a punto de estallar; al instante sus enormes ojazos parpadearon, sus labios temblaron, y dejando caer la cabeza, comenzó a llorar.

Caty se acercó a la escalera, y se detuvo cuando el peluche de sus pantuflas llegó al borde.

—Querida, ¿te sientes bien?

La niñita trataba desesperadamente de recobrar su compostura. Casi inaudiblemente alcanzó a decir:

—Sí, gracias.

Caty descendió los escalones.

—¿Rodaste las gradas o te caíste?

Como un pájaro asustado, la niñita se puso de pie rápidamente, y se alejó un poco. Se limpió los ojos con la mano, luego se limpió la mano en el vestido.

—Estoy bien.

Respiró profundamente. Luego añadió:

—Sólo quería mirar.

Caty, moviéndose más lentamente, se sentó en los escalones, e hizo un esfuerzo consciente para suavizar su tono y su expresión. No tenía el menor deseo de asustar más a la pequeña. Sonrió con dulzura.

—Mirar, ¿qué?

La niñita parpadeó varias veces para dejar salir otras lágrimas, y procurando contener los sollozos.

—Mirarla a usted.

—¡Vamos, no llores! Todo está bien...

Caty extendió su mano y la tocó levemente en el hombro, como para apenas palpar la muselina blanca y suave.

—Ya estoy bien; en serio —dijo la niñita.

Caty no escuchó las últimas palabras con atención.

—¿No estás lastimada? —preguntó.

La pequeña sacudió la cabeza. Las trenzas rozaron la mano de Caty. Caty la retiró apresuradamente.

Ninguna dijo nada. Caty continuaba mirando a la niña, y deseaba que no se la quedara mirando de esa manera; pero la pequeña parecía quedár
sele mirando tan fijamente como ella misma lo hacía.

—¡Eh! Este... ¿te puedo servir en algo?

Los grandes ojos castaños, repletos de esperanza, se quedaron explorando la cara de Caty, mientras la pequeña hilvanaba una respuesta.

—¿Sería posible..? —se detuvo vacilante, mirando a la distancia como para acumular fuerzas, luego continuó—. ¿Podría yo, por favor..?

Caty sonrió para darle ánimos.

—Bueno. Pues, ¿qué?

Los ojos castaños brillaron con resolución.

—Me encantaría poder almorzar con usted, en su casa.

Caty contuvo una risita.

—Querida mía...

En forma extraña, la idea parecía seductora. Pero no. No podía ser.

—¡Escucha! Esa no es mi responsabilidad. Yo soy... Bueno... soy una extraña. Tú tienes que irte a tu casa, y almorzar en tu propia casa, con tu propia familia.

Familia. Caty recordó lo que todos los otros niños habían dicho.

—¿Vives por aquí? ¿Verdad?

—¡Ajá!

Caty se puso de pie lentamente. Esta conversación tenía que terminar.

—De modo que allá es a donde tienes que ir. Tus papás te atenderán...

No tenía que preguntarlo, pero de todas maneras lo hizo:

—... a menos que no tengas ninguno...

La niña la miraba siempre directamente a los ojos.

—Tal vez.

—Tal vez, ¿qué? —Caty sentía que le estaba tomando el pelo, o jugándole una broma—. Está bien. ¿Sabes una cosa? ¿Por qué no vas a tu casa y lo averiguas de una vez? ¿Cómo te parece?

Extendió sus brazos en un ademán de ayudar a la niña a levantarse, pero en el fondo esperaba que el solo gesto fuera suficiente. No quería tocar a la niña.

La niña empezó a retroceder, no tanto por miedo, sino en obediencia.

—Encantada de conocerla, señora —dijo.

—Encantada de conocerte también.

Claro, así era, estos muchachos no tenían nombre. Caty suspiró para sus adentros, y se dirigió a las gradas.

—Tily —dijo la muchachita.

El pie de Caty se asentó sobre el primer escalón, y se detuvo allí. Su mano se aferró al pasamano. No quería regresar a ver. ¿Qué tal si la niña continuaba allí? ¿Qué tal si ya no estaba?

Caty miró por sobre sus hombros.

La niñita llamada Tily todavía estaba allí, con sus ojitos castaños devolviéndole la mirada intensa. La brillante luz del sol jugueteaba en la muselina; el vestido parecía resplandecer.

Caty se volvió, esperando no asustar a la niña. La niñita parecía haber estado lista para irse si así se lo ordenaban, pero ahora estaba como esperando, mientras miraba a Caty.

Caty se acercó a la niña como si se acercara a un animal tímido, y se detuvo a su lado. La tocó de nuevo en el hombro.

—Querida mía...

Le era tan difícil hablar.

—¿Me podrías decir... quién te puso ese nombre?

—No lo sé. Siempre me han llamado así.

—¿Y por qué querías verme?

Tily bajó la vista, pero sólo por un momento.

—Lo siento mucho, solo quería ver su cara.

La seguía mirando. Caty no lo había notado tanto: estaba viendo a Tily.

—Tily, ¿sabes acaso... cuántos años tienes?

—Nueve, yo creo.

—Nueve.

Caty se sorprendió al encontrarse acariciando con sus dedos el suave pelo negro y limpio de la niña.

—¿Y tú querías realmente almorzar conmigo?

La carita de Tily se iluminó ante la perspectiva.

—Sí, por favor, si pudiera.

Caty dio un suspiro de resignación.

—Está bien. Entonces me encantaría tener el placer de contar con tu compañía para el almuerzo de hoy. ¿Te gustaría venir?

Tily asintió y dijo, casi como cortesía:

—Me encantaría. Gracias.

Caty se levantó y alargó su mano hacia el pasamano.

—Entonces, ¿me harías el favor de entrar?

Las dos entraron en la casa.

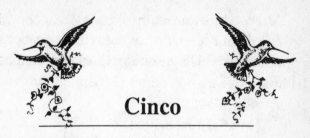

# Cinco

La vieja segadora resoplaba moviéndose de un lado a otro, esquivando las lápidas, descendiendo por una hilera y regresando por la otra, según el anciano cuidador seguía la intrincada ruta que había seguido por años. Tal vez imaginándose que participaba en una carrera de obstáculos, se sentía como un quinceañero conduciendo un auto de carreras. Era su manera de disfrutar el desempeño de su trabajo, de hacerlo bien, y a su manera.

Le gustaba oír el estruendo del motor, el crujir de los guardafangos, y el chirrido de las hojas. Ellos le indicaban cómo estaba funcionando la máquina, y tenía buen oído para ello. Por años había mantenido su vieja máquina funcionando como un reloj.

Pero ahora, ¿qué era ese otro sonido? ¿Había algo que se habría aflojado? A lo mejor es la polea loca en la tercera cuchilla. ¡Tendría que reemplazarla!

Ahí estaba otra vez.

Aflojó el acelerador, y detuvo la segadora para poder oír bien el sonido. El escape arrojaba humo, resonando como si fuera un tambor. ¿Qué andaba mal?

—¡Hola! ¡Hola, señor!

¡Alguien gritaba!

Vio a un hombre que corría, resoplando sin aliento, como si le faltara el aire. ¡Vaya! ¿Cuánto tiempo estaría el pobre hombre gritando para llamarle la atención?

—¡Hola! —respondió el cuidador—. Linda mañana, ¿verdad?

Daniel Ross llegó hasta donde él estaba, todavía tratando de recobrar el aliento, y extendió la mano para saludarlo.

—¡Buenos días! Lamento tener que molestarlo por esto...

—¡Vamos, no se preocupe! Me alegro de que todo el ruido fue usted y no la segadora. ¡Espéreme un segundo!

Alargó su mano, y apagó la máquina. De súbito el mundo quedó quieto, como si estuviera muerto.

—Ya está. ¿En qué puedo servirle?

—Me llamo Daniel Ross, y estuve aquí en un funeral la semana pasada.

Los ojos del anciano se iluminaron.

—¡Claro! Ustedes fueron los que enterraron al anciano Francisco Pérez, ¿verdad?

Daniel quedó impresionado.

—Así es. ¡Qué buena memoria tiene usted!

—¡Oh, no es nada! Sencillamente pongo atención, y eso es todo. Si uno tiene que trabajar aquí, uno tiene que saber quién está sepultado y dónde, y quiénes son los recién llegados.

—Entiendo. Es lógico. Claro. Entonces de seguro que usted puede ayudarme. Estoy tratando de localizar una tumba en particular. La semana pasada anduvimos un poco por aquí, pero no recuerdo exactamente el lugar.

—¿Cuál era el nombre?

—Eh ... Tily. Eso es todo lo que decía.

El cuidador no tuvo el menor problema para recordar la tumba. Asintió con la cabeza, afirmativamente, al tiempo que se bajaba de la segadora.

—Por aquí. Está hacia allá. Usted escogió una tumba que conozco bien. Es la clase que uno nunca olvida.

Daniel siguió al hombre, que avanzaba de prisa por entre las filas de tumbas, dándole una especie de gira.

—Así es —dijo—. Algunas de estas tumbas datan desde el siglo pasado. Algunas están ya muy solas; no queda nadie que venga a visitarlas. Las de más allá son más nuevas ... Algunos de los que yacen enterrados allí fueron conocidos míos. Aquí yacen Portia Weberly, y a su lado está Amós, su esposo. Eran los propietarios del expendio de cerveza en la plaza Wingate. ¿Ha estado allí alguna vez?

—Este... En realidad... No... Yo...

—Timoteo Stewart fue un jovencito que murió en Vietnam. Conozco a sus padres, Gustavo y Molly. Buena gente. Estos espacios son para ellos, al lado de su hijo. ¿Recuerda usted a los Blundquists, Enrique e Irma?

—¿Los Blundquists?

—¡Vaya, necesitan un desyerbe! ¿Qué tal si usted lo hace?

Daniel trató de ser cortés. Vaciló mientras evaluaba el asunto de las hierbas.

El cuidador se había adelantado bastante.

—Sí, aquí está. ¿Es ésta la que usted anda buscando?

Daniel se alejó de los Blundquists y se apresuró para llegar hasta donde estaba el cuidador.

Allí estaba, una pequeña lápida, tan insignificante y confundiéndose tan fácilmente entre las demás, excepto por el cuidador que la recordaba.

—Esa es —dijo Daniel.

Se sintió algo vacilante al preguntar:

—¿Qué sabe usted en cuanto a ella?

La disposición del cuidador cambió súbitamente. No se apresuró a dar respuesta.

—Este caso fue uno realmente triste. Tily era apenas una niña, una nenita. Quiero decir, el ataúd no era más grande que una caja de zapatos. Eso es, fue algo realmente triste.

—Ya veo... Pero, ¿qué de los padres? Es decir, la semana pasada vimos una mujer aquí.

—¡Ah, la señora Mendoza!

—¿La conoce usted?

—Sé su nombre, aunque no recuerdo cómo lo supe. Ella viene cada mes de abril para poner flores en la tumba; fiel como las estaciones.

—Esa debe de haber sido ella, entonces.

—Ella es una persona extraña. Es muy callada.

Daniel recordó a la pobre mujer corriendo con lo que parecía una mirada de terror.

—Me pareció más bien tímida.

—Esa misma es. Nunca me ha dicho nada. No sé mucho acerca de ella.

—¿Tiene alguna idea de dónde podría encontrarla?

—El cuidador se quedó pensando por un momento.

—No sé si podría decírselo... A lo mejor encuentra su nombre en el directorio telefónico.

—Me imagino que sí.

—Pero quiero decirle algo... Creo que será bueno si usted habla primero con la funeraria. Creo que fue la Funeraria Bendix la que se encargó del asunto.

—Bendix...

—Calle Medford, número 2203, justo al frente de la iglesia bautista, aquella con la gran torre de hierro roja.

—¡Ya veo!

—Así es. Ellos estuvieron aquí ese día. Me acuerdo casi con seguridad. Sería bueno si usted habla con ellos.

Daniel no preguntó por qué. Simplemente dijo:

—Bueno, muchas gracias.

Extendió la mano para despedirse.

El cuidador le dio un firme apretón de manos, sin apartar los ojos de él.

—No hay de qué, don Daniel Ross. Encantado de servirle.

Daniel se dio la vuelta y empezó a alejarse.

El cuidador volvió a hablarle, y le dijo:

—¡Eh! Escuche. Si ustedes van a empezar a revolver este asunto otra vez, ¿me harían el favor de dejarme fuera?

—No se preocupe —contestó Daniel—. No se lo diré a nadie. Gracias, de nuevo.

—No hay de qué —replicó el anciano.

Luego miró otra vez al suelo, a la pequeña lápida, y quedamente se dijo como para sus adentros:

—Encantado de conocerlo, Daniel Ross.

Luego repitió el nombre:

—Daniel Ross.

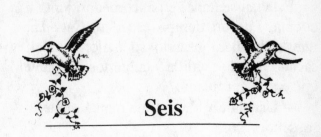

# Seis

—¿Terminaste? —preguntó Caty a su linda visitante.

Tily se limpió la boca con la servilleta, y contestó:

—Sí, muchas gracias. Estuvo delicioso.

—Termina de tomar tu leche.

Tily obedeció de inmediato.

Caty se quedó sorprendida por lo agradable del almuerzo que acababan de tener. En realidad no había sido nada parecido a cuidar niños. Tily era una visita perfecta.

—Bueno, para ser una niñita que tal vez tiene o tal vez no tiene padres, tienes muy buenos modales, Tily.

—Gracias. La sopa y el emparedado estuvieron excelentes.

El corazón de Caty estaba más que emocionado.

—Muchas gracias.

Estaban sentadas en el comedor, junto a la cocina. Fue un tiempo especial. Caty había puesto la mesa usando su mejor mantel, y sacado la mejor vajilla y cubiertos. Le pareció que era lo apropiado.

—Usted debe de ser una mamá maravillosa, señora Ross.

—Bueno...

—¿Piensan Bruce, Amelia y Tomás que usted es una buena madre?

—Pues, sí.

—¿Almuerza usted con ellos también?

—¡Oh! Bueno, no muy a menudo. Por lo general están en la escuela, y siempre andan corriendo de un lado para otro ...

Tily pareció sentirse desilusionada.

—Siempre quise almorzar con usted, y cenar también.

Caty se rió.

—Bueno, no siempre tenemos comidas tan buenas como ésta.

—¡Pero usted estará presente!

Caty quedó impresionada. Miró aquellos grandes ojos castaños, que parecían querer no perderse nada de ella, y no alcanzó a pensar en nada qué responder. Era a la vez hermoso y perturbador. Desvió su mirada, como para ver la hora...

El reloj de pared... no estaba en la pared.

—¿Qué pasa?

Tily se alarmó.

—¿Qué ocurre, señora Ross? ¿Qué ocurre?

Caty paseó su mirada por todo el cuarto.

—No puedo hallar el reloj.

—¿Qué es un reloj?

—¿Que qué es un...? ¡Oh! Bueno, es un... ¿cómo podemos saber la hora?

—¿Qué es eso?

Justo cuando las cosas parecían aquietarse, y ahora esto. Hizo un esfuerzo por alejar el pensamiento.

—¡Oh, no importa!

Se levantó de la mesa.

—¿Quieres alguna otra cosa?

—No, muchas gracias.

Luego Tily se alarmó de nuevo.

—Señora Ross, ¿se siente bien?

Caty estaba mirando por la ventana.

—Sí, Tily. Estoy bien. Simplemente estaba mirando afuera...

—Es hermoso, ¿verdad?

Caty se acercó a la ventana y Tily se le unió.

Afuera el mundo había cambiado.

—Solía haber un gran árbol de nueces allí
—dijo Caty lentamente—, y una banca, y la
casa del perro, y la cerca... y la casa de los
Cramer al lado...

Ahora sólo se veía una pradera verde con
colinas ondulantes, gigantescos árboles con
hojas danzarinas, y flores, millones de flores.

—Este no es mi barrio —cayó en cuenta
Caty.

—No —dijo Tily—, este es mi barrio.

Caty tocó el borde de la ventana. Todavía
se sentía sólido.

—Esta es mi casa.

—Sí. Me gusta mucho.

—Pero, ¿qué hace mi casa en tu vecindario?

Tily la miró perpleja.

—¿No le gusta estar aquí?

Caty cerró los ojos por un momento. Por lo
menos dentro de sí misma todavía ella tenía el
control. *Nada de eso está bien. ¿Estoy soñando, o qué?*

—¿Señora Ross? —resonó la voz de Tily.

Un sueño. Está bien, Caty, es sólo un sueño. Tú sabes que los sueños bien pueden ser disparatados.

—¿Señora Ross?

—¡Eh! ¿Qué?

—¿Cómo se llama su esposo?

—Daniel

—¿Es bueno?

Caty abrió bien los ojos y miró a Tily. Todavía se hallaba allí. Era real. Esperaba una respuesta.

—¡Uhm... este, pues... sí! Sí, es muy bueno.

Luego decidió dar una mejor respuesta.

—¡Es un hombre maravilloso!

—¿La quiere mucho?

Caty sintió orgullo al contestar:

—Sí, mucho, mucho; y yo lo quiero mucho también.

Tily recibió eso como si fuera un regalo, iluminando la habitación con su sonrisa.

—¿Cómo es él?

Hablaban de cosas reales, y eso la hizo sentirse bien.

—¡Oh, déjame mostrarte unas fotografías! ¿Ves allí?

Caty señaló hacia la sala, y Tily se dirigió de prisa hacia esa habitación. Los ojos de la niña rebosaban de sorpresa, casi de reverencia, al ver la muchas fotografías en la pared, sobre la mesa, y sobre la chimenea.

Caty señaló una fotografía grande, a un lado de la chimenea.

—Este es mi esposo. Este de aquí.

Tily se quedó mirando el rostro, observándolo con cuidado. Al principio se quedó boquiabierta por la sorpresa. Luego, con gozo y satisfacción, prorrumpió en una gran sonrisa, asintiendo en alegre aprobación.

—Me gusta como es él. Le gusta sonreír, ¿verdad?

—¡Oh, sí! —dijo Caty, dando un segundo vistazo cuidadoso a la sonrisa de Tily—. Esa fue una de las primeras cosas que noté en él.

Tily fue hasta otro cuadro, que colgaba en la pared.

—¡Oh! ¿Esa es usted?

—Sí. Esa es una fotografía de nuestra boda.

—¡Su boda!

Tily estudió la fotografía por un momento, y luego miró a Caty y al cuadro alternadamente.

—¡Usted es muy bonita!

Caty se sintió medio avergonzada, pero también halagada.

—Nunca he estado en una boda, pero iré a una muy pronto.

—¿Verdad?

Caty se sintió contenta de poder oír por lo menos una conversación normal acerca de un acontecimiento normal.

—¿Quién se casa?

—¡Jesús es quien se casa!

Eso tomó a Caty por sorpresa, pero le agradó.

—De modo que sabes acerca de Jesús, ¿eh?

—Claro que sí. El vive calle arriba. Creo que es una persona muy importante, porque todo el mundo viene a verlo todo el tiempo. Pero él todavía juega conmigo, y me cuenta historias.

Tily avanzó hasta la siguiente fotografía.

—Déjeme adivinar... ¿Es este Bruce?

Caty se sintió como si la arrastraran, como si estuviera quedándose rezagada.

—¡Eh... Oh... Sí, ese es él! Esa es una fotografía de su graduación.

—¿Es bueno, así como usted y el señor Ross?

—Seguro que lo es. Se ha convertido en un jovencito muy educado. Y esta es...

—Amelia, ¿verdad?

—¡Correcto! Ella está en el último año de la secundaria. Y este es...

Caty esperó que Tily adivinara.

—Tomás.

—En efecto, ya está en sus quince años.

Tily casi danzaba por la emoción, yendo de cuadro a cuadro, estudiando las caras, mirando a Caty, y luego volviendo a las fotografías.

—De modo que... —se aventuró a decir Caty—. Este Jesús... ¿Quién dijiste que era?

Pero Caty dejó a un lado la pregunta. Tily se había quedado inmóvil en la mitad del cuarto, transfigurada, con la vista clavada en un gran retrato familiar que había sobre la chimenea. Allí, vestidos muy elegantemente, muy juntitos, y todos sonriendo, estaba la familia Ross completa: Daniel, Caty, Bruce, Amelia y Tomás. La niña se tapó la boca con la mano.

Caty le habló suavemente como si el momento se hubiera tornado de alguna manera sagrado.

—Allí estamos todos nosotros. La fotografía fue tomada apenas hace un mes.

—Todos ustedes... juntos —repitió Tily.

Caty se quedó parada junto a Tily, y miró al retrato. Tal vez nunca antes lo había visto en forma tan prolongada ni tan cuidadosamente. Sus hijos tenían sus ojos tan brillantes, sus sonrisas despedían tanto calor y alegría. Caty miró de nuevo a Tily. Confiaba en que la niña no se diera cuenta de que la estaba observando.

—¿Te gustaría mirarla más de cerca?

Tily no quería despegar su mirada del retrato.

—¿Podría hacerlo?

Caty acercó una silla de madera, y la colocó junto a la chimenea. Le dio la mano a Tily para ayudarla a subirse.

—¿Está bien así?

—Sí, muchas gracias.

Tily rozó levemente el marco del retrato, mientras miraba cada una de las caras. Casi no quería parpadear, pero tenía que hacerlo. Retiró la vista apenas lo justo como para limpiarse las lágrimas de los ojos con la manga del vestido.

Caty podía ver la carita de la niña muy cerca de las de su propia familia. De súbito, la imagen se hizo borrosa.

—No llore, señora Ross —se oyó la vocecita entrecortada de Tily.

Caty parpadeó para echar fuera de sus ojos las lágrimas, y buscó una excusa.

—Es que te vi llorando.

Tily trató de sonreír incluso en medio de las lágrimas que le corrían por las mejillas.

—No puedo evitarlo. Todos ustedes se ven tan lindos.

Caty se apresuró a buscar un pañuelito. Se lo dio a Tily, y luego puso cariñosamente su mano sobre los hombros de la pequeña.

—Tily —le preguntó suavemente—, ¿dónde está tu familia?

Tily terminó de limpiarse su naricita, y respondió:

—Jesús es quien me cuida.

Caty trató de sonreír. Su visión se nublaba otra vez.

—Corazón, claro que Jesús nos cuida a todos, pero...

—... y a todos mis amigos, también.

—¿Los otros niños?

—¡Ajá!

—Pero, Tily, ¿quiénes son ellos? ¿De dónde han salido?

Tily ya no quería mirar a Caty.

—No lo sé. Creo que son como yo. Han venido acá, y no tienen padres, y la mayoría ni siquiera tiene nombre, y no saben nada acerca del lugar de donde han venido.

—¡Tily!

Caty se le acercó más. ¿Se atrevería Tily a mirarle a los ojos? Tily levantó la vista y se quedó mirándola.

—¿En realidad no sabes de dónde vienes?

Los ojos de Tily se dirigieron inmediatamente al retrato. Sonrió otra vez.

—Señora Ross, dígame algo de Amelia. ¿Es divertido conversar con ella? ¿Le gusta jugar afuera?

Caty contestó las preguntas únicamente porque Tily las había hecho.

—Amelia anda corriendo y jugando desde que era incluso más chica que tú. Tiene energía de sobra.

—¿Qué le gusta hacer?

—Bueno... este, ¿qué es lo que no hace? Juega, nada, camina, canta, y hasta pinta también. Es realmente una artista.

—¿Puedo ver el cuarto de ella, señora Ross?

—¡Por supuesto!

Caty ayudó a Tily a bajarse de la silla. Tily estaba lista para explorar más.

—¿Puedo ver toda la casa, señora Ross? ¿Puedo ver el cuarto de Amelia, y el de Tomás y el de ustedes?

—Ven. Te voy a llevar en una gran gira.

—¿Y qué de Tomás? Dígame algo de Tomás. ¿Qué le gusta hacer a él?

Se encaminaron por el corredor hacia la parte posterior de la casa, donde las habitaciones tomaban la personalidad de cada uno de los dueños, y cada detalle tenía detrás una historia.

—Tomás te va a encantar —dijo Caty, tratando de satisfacer la curiosidad de Tily.

—¡Es todo un personaje! Es muy divertido, y anda siempre corriendo por todas partes, siempre metido en algún proyecto o actividad... Me figuro que va a ser todo un atleta, como su hermano. Por supuesto, debo decir que Bruce es más bien el pensador...

Tily escuchaba todo, y continuaba haciendo más preguntas.

# Siete

No bien Daniel halló la funeraria de los hermanos Bendix, rápidamente recordó cuántas veces había pasado por allí, y jamás había prestado la menor atención. Era siinplemente otro de aquellos negocios y tiendas en la calle principal del pueblo.

Daniel se había imaginado que sería la gigantesca funeraria más cerca del centro, con su imponente fachada blanca. Este negocio era mucho menos imponente: una casa recubierta de madera, con ventanas pequeñas de vidrio catedral, y un pequeño estacionamiento bordeado con rosales cuidadosamente podados. Parecía más bien una pequeña iglesia en algún pueblito, que una funeraria. Daniel se sintió aliviado.

Se detuvo por un momento frente a la puerta de entrada. ¿Debo golpear, o debo sencillamente entrar? Finalmente hizo las dos cosas: golpeó ligeramente, luego abrió un poco la puerta, llamó de nuevo, y luego se asomó adentro. ¡Oh! Era algo así como la entrada de una iglesia, y no se veía a nadie. Entró, y cerró calladamente la puerta detrás de sí. A través de una puerta doble se podía ver la pequeña capilla, invitadora, serena, pero desierta.

A la izquierda de la entrada había una puerta sin ningún rótulo, pero parecía ser muy importante, de modo que Daniel se dirigió a ella y llamó de nuevo.

Un anciano de porte distinguido abrió la puerta.

—¡Oh! ¡Hola! —dijo el hombre—. ¿Es usted el señor Ross?

Debía de ser el director de pompas fúnebres; sus modales gentiles y calmados deberían venir junto con el traje oscuro, de rayas que llevaba, y con aquellos lentes de marco metálico.

—Así es. Y ¿es usted el señor Bendix con quién hablé por teléfono?

El hombrecillo dejó entrever los calces de oro que brillaban en sus dientes.

—¡Ah, sí, sí! ¿No quiere pasar, por favor?

El señor Bendix abrió la puerta de par en par, casi con alarde, y Daniel pasó sintiéndose como un huésped de honor. Se preguntó si acaso sería considerado en la misma manera al irse.

Bendix le condujo a su pequeña oficina, en realidad un cubículo cerca de la ventana.

—Por favor, tome asiento. ¿Quisiera usted un café?

En realidad, Daniel no tenía deseos de tomarlo.

—Sí, muchas gracias.

—¿Crema y azúcar?

—No. Solamente café, por favor.

El señor Bendix vació el café de una cafetera que había en una esquina.

—Bien, veamos... Usted me dijo por el teléfono algo en cuanto a cierto funeral que habíamos celebrado... ¿Cómo era? ¿Algo así como nueve años atrás?

—Así es.

Daniel tomó la taza que le ofrecía el señor Bendix.

—Gracias. No sé si ustedes conservan los registros por tanto tiempo, pero...

Daniel sabía que debía atreverse a dar semejante paso.

—Me preguntaba si acaso ustedes podrían acordarse de un servicio funeral que celebraron para una pequeña infante.

El señor Bendix se arrellanó en su silla, y se puso a hacer memoria de los años pasados. Asintiendo con la cabeza, en forma triste, dijo:

—Celebramos varios de ellos. Esos entierros son particularmente trágicos, y muy difíciles.

Daniel se sintió como si anduviera sobre hielo muy delgado, pero se atrevió a avanzar.

—Estoy pensando en un funeral de una persona de apellido Mendoza. Una mujer que se apellida Mendoza.

Bendix recordaba. Daniel pudo notarlo en seguida.

El señor Bendix miró a Daniel, luego a su escritorio, y luego otra vez a Daniel.

—¿Podría preguntarle por qué motivo anda usted buscando esa información?

Daniel simplemente volvió a preguntar:

—¿La recuerda usted?

—¡Sí, la recuerdo! Pero usted tiene que comprender, señor Ross, hay consideraciones de ética profesional. No sería correcto violar la privacidad de la señora Mendoza.

—¿Qué puede decirme?

Daniel estaba tratando de ser cortés y diplomático. Clavó su mirada en el señor Bendix.

El caballero quería como disculparse.

—Si le dijera alguna cosa, podría estar cometiendo una grave equivocación.

—No lo crea.

El señor Bendix se frotó la barba, miró a Daniel por sobre los anteojos y le dijo:

—Está bien. Voy a decirle solamente lo que creo que puedo decir. Puedo decirle que ocurrió en el mes de abril, hace nueve años.

Luego sus ojos se desviaron hacia el cielo raso, al empezar a hacer memoria.

—Sí, era abril. El cuadro está todavía claro en mi mente, por cuanto todo fue tan diferente... Fue diferente, y muy difícil.

Daniel observaba intensamente al señor Bendix. El caballero parecía estar reviviendo de nuevo el suceso.

El señor Bendix continuó:

—Recuerdo... que el pastor de la señora Mendoza nos vino a ver, y recuerdo que hicimos los arreglos con él. Se nos entregó el cadáver el mismo día.

Se detuvo un momento. Miró a Daniel, tratando de leer la expresión en su mirada.

—¿Se sorprendería usted, señor Ross, al saber que este fue un caso nada acostumbrado? No había certificado de defunción; no había certificado de nacimiento. Tratamos el caso en forma callada, como usted puede comprender. Usted ve...

Con esto, Bendix se detuvo de nuevo. Inclinó su rostro, apoyándolo sobre sus largos y nervudos dedos, y bajó la vista.

—Señor Ross, la muerte de la niña había sido intencional. Era muy chiquita, ni siquiera era de tiempo completo de embarazo, y el cuerpecito estaba todo quemado y lacerado. En realidad para mí significaba una pérdida atender tal caso, pero algo dentro de mí me hizo que aceptara. Sentí que estaba haciendo lo correcto, y que debía prestar mi colaboración. Ordené un ataúd especial, pero incluso así y todo era demasiado grande...

El señor Bendix se quitó los anteojos, y se frotó los ojos, perdido en sus recuerdos.

—Jamás lo olvidaré. El pastor condujo un culto sencillo, con un pequeño sermón, una pocas palabras de la Escritura... y todavía puedo recordarle de pie junto a aquel pequeño ataúd, sin que hubiera nadie más en la capilla, excepto la señora Mendoza. Ella estaba sentada en la segunda fila, vestida de negro, sola, y llorando.

El señor Bendix buscó un pañuelo, y empezó a limpiar sus anteojos, sea que lo necesitaran o no.

—Señor Ross, este es mi negocio, mi profesión, dar consuelo y servir a las familias en tiempos de dolor y necesidad. Lo hago con interés sincero, pero, por lo general, no me dejo afectar emocionalmente por lo que veo que ocurre en la capilla. Pero este... este era algo totalmente diferente; nunca he visto nada parecido, ni antes, ni después. Una mujer... poniendo término a su embarazo, y luego llorando a la hija, y haciéndole un funeral. Era muy perturbador, algo que estremecía. Jamás lo olvidaré.

El señor Bendix se detuvo por un momento. Luego pareció como si saliera de un trance, regresando de memorias nada placenteras. Rápidamente volvió a ponerse sus anteojos.

—Señor Ross, espero haber contestado algunas de sus preguntas.

Daniel había escuchado lo suficiente. No estaba seguro de cómo podía contestarle al señor Bendix. No tenía palabras, ni respuestas. Quería sólo salir del lugar.

—Señor Bendix, estoy muy agradecido por lo que me ha dicho. Me ha hecho un gran servicio.

Bendix hizo una leve inclinación de asentimiento.

—Creo que lo que ahora necesitamos saber es el nombre del pastor, el pastor de la señora Mendoza. ¿Podría decírmelo?

—El Reverendo Miguel O'Cleary, de la iglesia del vecindario, por esta calle hacia arriba, como a unas dos calles, a la derecha. El debe de estar allí ahora mismo.

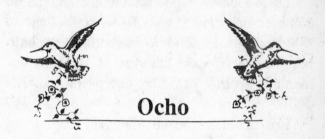

# Ocho

—Señora Ross, ¿quisiera darme la mano?
Quiero que me tome de la mano y que camine
conmigo.

Caty tomó la pequeña manito en la suya, al
ponerse de pie al aire fresco y perfumado. Con
decisión firme, le dio la espalda a la casa, y
miró al paisaje enteramente nuevo y perfecto
que las rodeaba por todos lados. Dio el primer
paso hacia aquel mundo, ávida de verlo, de
aprenderlo todo, de participar de alguna manera de la paz que lo llenaba. Echó a andar,
dándose cuenta de que a cada paso, todavía
tomada de la mano con la niña, sabiendo de
alguna manera que la casa, la hermosa casa
suburbana, su único eslabón de unión con la
rutina natural y cotidiana, no estaría allí si
regresaba a ver. Estaba pasando de un mundo
a otro, entregándose a un sueño que era demasiado real para ser un sueño.

La pradera verdosa ondulaba suavemente como en una danza, y las flores se inclinaban saludándolas. El sendero se sentía suave bajo sus pies, acogedor, caluroso. Caty sencillamente lo aceptó, y miraba, observaba y aprendía.

Los árboles que se elevaban imponente eran enormes, sus ramas se veían fuertes y expresivas, y sus copas ofrecían protección y refugio. Había pájaros por doquiera, desde los más pequeños hasta los más grandes, todos recubiertos con plumajes de brillantes colores, llenando el aire con cantos melódicos, y posándose en las ramas sorpresivamente cerca para gorgojear festejando a sus visitantes.

Entonces Tily, como uniéndose al coro de pájaros, empezó a cantar con una voz muy dulce, con un aire que hablaba en una tonada gentil y juguetona, con las notas que saltaban y brincaban como niños en la ladera de una colina. Cantaba con gusto, claramente, y sus ojitos danzaban, iluminados con aquel brillo especial que llenaba el espacio, y que parecía no proceder de ninguna parte.

Caty escuchaba y observaba; no decía nada, ni siquiera quería moverse por no romper el encanto de aquel cuadro precioso y delicado. Era una bendición en forma de una niñita; era gozo, vida y pureza. No había nada de sufrimiento allí. El dolor se hallaba muy distante.

Tily concluyó su canto, y miró a Caty. Caty podía sentir su manita apretando la suya, y aquella sonrisa apareció de nuevo.

—¡Eso fue muy lindo, Tily! Muchísimas gracias.

Tily simplemente lanzó una risita, entrecortadamente.

—¿Te gusta mucho cantar?

—¡Oh, todo el mundo canta aquí!

—Así lo he notado.

Luego Caty se aventuró a decir:

—Debes de ser muy feliz aquí.

Pero Tily de súbito tuvo un pensamiento que desplazó a los demás.

—¿Sabe una cosa? Hemos encontrado el árbol más alto que jamás ha habido, y nadie ha trepado todavía hasta su misma punta. ¡Eso es lo que voy a hacer! ¡Voy a subir ese árbol hasta la misma punta!

—Pues estoy segura de que lo harás. ¿Qué otra cosa te gustaría hacer?

—Eh... este... Me gustaría contar historias, así como Jesús lo hace. Mis amigos y yo casi no podemos dejar de contarnos historias mutuamente. Pero Jesús cuenta historias mejor que nadie.

Caty lo aceptó. Lo creyó. Era todo parte de su sueño, o de la realidad. No se atrevió a preguntar cuál podría ser.

El camino descendía perezosamente hasta un pequeño valle, y se alcanzaba a oír el murmullo cantarino de un arroyo. Caty alcanzó a divisar el salpicar de las aguas por entre los árboles, y luego pudo distinguir el arroyo mismo, abriéndose paso por entre el bosque. La luz que se reflejaba en sus aguas se esparcía en miles de multicolores arco iris.

Llegaron hasta un puente, un puente especial. Era pequeño, en arco, y... no estaba hecho de tablones ni de hierro. Era algo vivo; había crecido allí. Cada extremo estaba enraizado en el rico suelo, y las barandas estaban recubiertas de hojas verdes y del tamaño de la palma de la mano. Caty tuvo que detenerse y darle una buena mirada al puente.

—Este es mi puente favorito —dijo Tily.

—Entiendo por qué.

—Crucémoslo.

Caty dejó que Tily la guiara a cruzar el puentecito. Se quedó mirando la luz que danzaba en el arroyo, fascinada por el espectáculo.

Luego vio las piedras en el fondo del arroyo. Entonces supo que debía detenerse. Tily la halaba de la mano.

—¡Espera, espera!

Tily se le unió junto a la baranda.

—¿Qué?

Caty sabía que para Tily no sería sorpresa, pero no pudo evitar la emoción que la invadía.

—Tily, esas son joyas, piedras preciosas las que están allí...

Tily sonrió.

—Pues, sí. Son muy lindas, ¿verdad?

—Mira todo ese oro... y rubíes... y esmeraldas...

—Venga para acá —dijo Tily, adelantándose—. Voy a mostrarle mi sitio favorito.

Caty siguió a la niña, cruzando el puente, y llegando a un declive recubierto de hierba, mirando al arroyo de joyas. Era un sitio ideal. El suelo estaba tibio y acogedor, la hierba era como una espesa alfombra. Todo alrededor, la luz multicolor del arroyo jugueteando entre los árboles, y el sonido de las aguas que corrían llenaba el aire. Se sentaron, y se quedaron muy quietas. Caty quería verlo todo. Quería conocer el lugar. Tily la dejó que mirara todo el tiempo que quisiera.

—Tily, este es un lugar hermoso.

Tily simplemente sonrió.

La vista de la niñita en este paisaje tan maravilloso le trajo a la mente el pensamiento:

—Tily, debes de ser muy feliz aquí.

Tily bajó la vista y se puso a juguetear con algunas hojas de la hierba.

—Casi siempre...

—Simplemente... ¿casi siempre?

Tily miró a la distancia, más allá del arroyo, quizá hacia la casa que ya no se encontraba allí. Lanzó un suspiro, y mirando otra vez al suelo, dijo en voz suave:

—Quiero ver a mi familia, señora Ross.

Caty se quedó en silencio por un momento. Tily acababa de compartir con ella algo de tanto valor, tan especial.

¡Oh Señor, no permitas que yo lastime ese corazoncito!

Caty se atrevió a hacer otra pregunta.

—Entonces... ¿tú sí tienes familia?

Tily no levantó la vista, sino que continuó jugando con la hierba, pensando, sintiendo. Luego, finalmente, asintió:

—Jesús me ha hablado de ellos, pero ellos no están aquí.

—¿Te habló El acerca de tus padres?

—Sí.

Caty se sintió como si estuviera invadiendo terreno ajeno, que había ido demasiado lejos. Una parte de ella quería retroceder, y dejar que la niña conservara para sí misma sus secretos.

Pero la pregunta afloró a sus labios.

—¿Qué te dijo?

Tily trató de mirar a Caty, pero no pudo, y sus ojos se clavaron nuevamente en la hierba.

—El... me dijo sus nombres, y me dijo como son... y me dijo que algún día voy a verlos, y que entonces estaremos todos juntos.

Su vocecita empezó a temblar, pero haciendo un firme esfuerzo continuó:

—Pero algunas veces... simplemente no puedo esperar. ¡Anhelo tanto verlos!

—Tily...

Tily alzó la vista.

—Señora Ross, estoy muy contenta porque usted ha venido a visitarme. Me gustaría que pudiera quedarse para siempre.

Y Caty respiró aliviada.

—Corazón, ni siquiera sé cómo llegué acá, pero estoy agradecida que lo hice. Me siento muy contenta de haberte conocido.

Tily estrujó la hierba que tenía en sus manos, miró a la distancia, y luego finalmente miró a Caty a los ojos, y preguntó:

—Señora Ross, ¿piensa usted que podría quererme?

Caty la hubiera estrujado entre sus brazos allí mismo, pero no lo hizo. No pudo. Pero sí dijo:

—Tily, yo sé que te querría mucho.

# Nueve

El pastor O'Cleary instruyó a su secretaria.

—Juanita, por favor reciba todas las llamadas. El señor Ross y yo necesitamos hablar sin interrupciones.

Luego cerró suavemente la puerta de su oficina, dejando fuera el mundo, y encerrándose a solas con un hombre callado pero muy conturbado.

—Sírvase tomar asiento, señor Ross.

Daniel musitó un débil "gracias", y tomó asiento.

O'Cleary arrimó otra silla, y se sentó junto a él.

—Estoy contento de que usted haya venido a verme. ¿Me permite llamarle por su nombre?

—Por supuesto.

O'Cleary se inclinó hacia adelante, y empezó a hablar con una voz calmada y clara.

—Daniel, desde aquel mismo día hace nueve años, a menudo me he preguntado cuándo tendría lugar esta reunión. Obviamente, tenía que haber otras personas involucradas en el asunto.

—Pienso que usted ya sabe por qué estoy aquí.

—Bueno... pues, parece que tenemos una amiga en común. Anita Mendoza.

Daniel sonrió débilmente y asintió.

O'Cleary devolvió la sonrisa, apenas lo suficiente como para tranquilizarlo.

—La señora Mendoza es miembro de mi congregación, y ella fue quien me dio su nombre. Eso fue esta misma semana, a decir verdad. Estaba muy alterada por el encuentro fortuito que tuvo con usted y su esposa en el cementerio.

Daniel hundió la cabeza entre las manos.

—Continúe. Le escucho.

—¿Se acuerda usted de Anita?

—Creo que no. Apenas tengo un ligero presentimiento. Se me figura que debe de ser...

—Bien, ella los recuerda a usted y a su esposa con toda claridad. Sencillamente ella no supo qué decir cuanto se encontró con ustedes allí junto a la tumba. Se sintió terriblemente avergonzada por haber salido corriendo, pero... pensó que no podía hacer ninguna otra cosa.

Daniel miró al ministro y recobró su compostura. Estaba seguro de que tenía la respuesta, incluso al tiempo en que hacía la pregunta:

—¿Es ella enfermera?

O'Cleary contestó afirmativamente.

—Sí, señor. Es una enfermera graduada.

—¿Alguna vez trabajó ella en la Clínica de Planeación Familiar, en las calles Octava y Bedford?

O'Cleary hizo una pausa.

—Hace nueve años.

Daniel estaba demasiado estupefacto como para poder continuar.

Luego dejó que su emoción se desbordara, y que las lágrimas corrieran, quemándole las mejillas, liberadas al fin.

O'Cleary le puso la mano sobre el hombro. No dijo nada, pero Daniel podía sentir el gesto reconfortante del hombre, y se sintió agradecido por ello.

—Nunca hemos hablado de eso —dijo Daniel—. Yo sabía que ella también sufría. Yo también, pero era demasiado... demasiado enorme, demasiado horroroso, y uno no quiere enorme, demasiado horroroso, y uno no quiere tocar al asunto. Uno trata de sepultarlo, y espera que se desvanezca. Por nueve años jamás hemos hablado del asunto. Solemos hablar de todo; sabemos lo que el otro piensa. Pero no en cuanto a esto. Es como una regla tácita entre nosotros.

—Hasta el día en el cementerio...

—Algo le ocurrió ese día a Caty. Ya no puede dormir por la noche, no me habla, ni tampoco a los muchachos... Es como si no fuera ella misma. Sé que tiene que tener algo que ver con la lápida sepulcral. No sé por qué... o tal vez yo mismo no quería admitirlo... pero, tenía que averiguar esto a fondo, y asegurarme del asunto.

Daniel se secó los ojos, y miró directamente a O'Cleary.

—De modo que ¿tengo razón? ¿Es aquella... la niña?

El ministro lo dijo firme y claramente:

—Daniel, Tily es la hija de ustedes. Su cuarta hija.

Entonces se detuvo, preguntándose si acaso debía continuar.

—Siga —le pidió Daniel.

—Hace nueve años Anita trabajaba allí. Su hijita era muy fuerte. Estaba viva incluso después del aborto.

Daniel quería oír el resto de la historia; quería oírlo todo.

O'Cleary se lo dijo con gentileza.

—Ella... luchó por su vida por más de una hora antes de fallecer en los brazos de Anita. Anita se la llevó de la clínica aquel día, y jamás regresó. Anita tuvo el deseo de que aquella... nenita... recibiera cristiana sepultura; de modo que... yo celebré el culto funeral, y le ayudamos con algo de los gastos.

—Cada primavera, desde entonces, en el aniversario de la muerte de la niña, Anita va a visitar la tumba, a colocar flores allí, y a llorar. Una vez me lo explicó, diciendo, en sus propias palabras: "Si yo no lloro a Tily, ¿quién va a llorarla? ¿Quién va a acordarse de ella?"

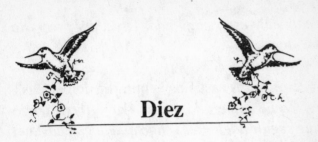

# Diez

Caty y Tily habían escogido algunas deliciosas frutas para comer; Tily había cantado algunos cantos, e incluso le había contado a Caty una historia. Estaban disfrutando de lo lindo.

Pero ahora todo estaba en calma. Se hallaban sentadas en el declive de hierba, bajo la luz tibia que las recubría, y muy calladas. Tily estaba sentada en una pequeña hendedura, apoyando su espalda contra un árbol; era una cómoda silla perfecta para una niñita como ella. Caty se sentía muy cómoda sentada en la hierba suave, y todo lo que podía hacer era contemplar, minuto tras minuto, a aquella niña. Ninguna dijo palabra alguna.

*Tal vez sea así por cuanto no queda ningún tema seguro, o fácil,* pensó Caty. *Pequeña, ¿sientes lo que yo siento ahora? ¿Qué es lo que pasa por tu pequeño corazón? Si dijeras algo, si sólo supiera lo que estás pensando, lo que realmente estás sintiendo. Tily... por favor, no me dejes.*

—Tily...

Los ojitos castaños la miraron con ansias. *Ya he empezado,* pensó Caty, *ahora tengo que seguir adelante. Tengo que llegar hasta el final.*

—¡Uhm..! ¿Cómo puedo decirlo? Me pregunto si acaso no hay algunas cosas que tú y yo tenemos temor de decirlas. Quiero decir, temo de que haya algunas cosas acerca de las cuales tú no quieres hablar... Pero, a la vez, tal vez tú tienes miedo de que puede haber algunas cosas de las cuales yo no quiero hablar.

Tily escuchaba. Parecía entender.

—Bueno, lo que quiero decir es que... si está bien contigo, está bien conmigo. Yo quiero hablar de esas cosas. Vamos, Tily. Di que sí. Cariño, no sé cuánto tiempo vamos a estar juntas como ahora. ¿Qué tal si nunca más tenemos la oportunidad de decir lo que realmente estamos pensando?

Tily se sentó derecha.

—Pienso que sería muy triste, señora Ross.

—Tenemos que hablar muy seriamente. ¿Piensas que podemos hacerlo?

—Creo que sí.

—Tily, tú tienes una mamá... en alguna parte.

—Sí, señora. La tengo.

—Y algún día... vas a verla de nuevo. Jesús te lo dijo así.

—Y así lo quiero yo, señora Ross. Quiero mucho verla.

Caty suspiró profundamente, procurando calmarse.

—¿De verdad quieres verla?

—Sí.

—Pero... ¿cómo piensas que te sentirías? ¿Crees que a lo mejor estás enfadada con ella? ¿Piensas que a lo mejor tú te sientes muy amargada porque te mandó para acá sin siquiera ponerte nombre?

Tily parecía preocupada por las emociones de Caty.

—Pero, señora Ross, yo ya no sufro más. Yo quiero a mi mamá.

—¿La quieres? ¿No estás enfadada con ella?

Tily sonrió, y su carita denotaba estar llena de paz.

—Sólo quiero verla. Pienso en eso todo el tiempo.

—¿De veras? ¿Sobre qué piensas?

Tily miró al espacio, imaginando el momento.

—Ver la cara de ella. Señora Ross, cuando vea su cara, voy sencillamente a mirarla y mirarla, y no dejar de mirarla hasta que la conozca al dedillo, y jamás la olvidaré. Y voy a subirme a su falda, también; siempre he querido hacer eso.

Tily se levantó de su asiento, y se apoyó contra el árbol, como perdida en sus pensamientos.

—Y luego... podríamos ir a caminar, y le mostraría mis lugares favoritos... y luego ella podría explicarme las cosas, ella sola, de modo que yo siempre recuerde lo que he aprendido de mi madre. ¡Mi propia madre! ¿Y sabe otra cosa? Tal vez ella podría hacerme un vestido, una puntada aquí, y otra allá, hasta que me quede perfecto, y peinar mi pelo, y mostrarme cómo ponerme una flor, y cómo saltar... y tal vez me podría enseñar más canciones, las canciones que ella solía cantar cuando era chica.

Tily se le acercó un poco.

—Y le diría que puede seguir abrazándome. Ya no sufriría más si ella estuviera aquí, pero todavía me gustaría que siguiera abrazándome muy apretadamente. Todavía me gustaría que me pusiera una frazada calientita en mi cama, y que me arrullara haciéndome dormir, y que me contara sus propias historias. Y luego podríamos orar juntas, como siempre he querido hacerlo.

Tily bajó sus ojos, y estrujó con sus dedos el borde de su vestido.

—¡Eso sería realmente hermoso! Yo todavía lloro a veces, pero sólo cuando estoy sola, y siempre me pregunto cómo sería oír sus pasos suaves en el pasillo, y saber que ella está allí escuchándome, y que viene a consolarme. Siempre me he preguntado...

Su vocecita se quebró, y sus ojos se llenaron de lágrimas, profundamente entristecidos.

—Siempre me he preguntado qué nombre me hubiera puesto. Siempre he querido tener mi propio nombre, el nombre que ella me hubiera puesto, con todo su corazón.

Caty no quería perturbarla. Hizo un esfuerzo por contener sus propias lágrimas; se esforzaba por no llorar.

Tily alzó muy alto su cabecita, con el puño cerrado delante, miró hacia los árboles por entre sus lágrimas, y suplicó:

—¿Mamita, por favor, me quiere usted tener? ¿Me recogería y me dejaría quedarme con usted? Siempre la he querido mucho, y si usted pudiera estar conmigo ahora, ya no querría ninguna otra cosa. Usted es mi madre. Eso es todo lo que sé. Es todo lo que entiendo... y es todo lo que quiero.

—¡Oh Tily!

Fue un alarido que brotó del alma de Caty, queriendo llegar hasta aquella niña.

—Tily...

No pudo seguir hablando, la emoción le cortó la voz. No podía ver a través de sus lágrimas.

—No sé cómo voy a lograr decir esto...

Tily estaba frente a ella, mirándola directamente. Los ojos castaños volvieron a encontrarse con los suyos. Había un alma en aquellos ojos, un espíritu anhelante que procuraba alcanzarla.

—Mamá —suplicó la niña, y el corazón de Caty le saltó en el pecho—, ¿podría usted... abrazarme?

Los brazos de Caty se abrieron; ya no darían oído a los debates, ya no habría más vacilaciones ni dudas. Se abrieron ampliamente, desnudando el corazón, desnudando el alma.

Y Tily estaba allí.

*Tengo una niñita abrazada entre mis brazos. Una niña real. Mi hija.*

Acéptalo, Caty. Créelo. Sencillamente créelo.

Caty sintió la suave muselina bajo sus dedos, y el pelo negro rozando sus mejillas.

—Tily —dijo suavemente—, preciosa, lo siento mucho... Lo lamento de veras...

Las mejillas de Tily se apretaban contra las suyas. Caty podía oír la suave vocecita susurrando cerca de su oído:

—No llore, mamita. Todo está bien. Todo está bien.

—Perdóname... por favor.

—Yo la perdono.

—Perdóname.

—La perdono, mamita. La quiero mucho. No llore.

¡Perdonada! Una lanza venenosa y punzante fue sacada del alma de Caty. Podía sentir como salía; casi se desmayó por el alivio, y se aferró a Tily para evitar caerse.

*Mi hija, mi hija.*

Lentamente, inesperadamente, hubo un temblor, un rendimiento, y finalmente, de su propia fuerza y voluntad, un grito desde lo más profundo de sí misma, que no podía ser contenido. Hubo un alarido, un borbotón de angustia, sufrimiento, y remordimiento, todo desbordándose a la vez, brotando de su corazón. El aluvión se convirtió en lamento, prolongado y estruendoso, fluyendo del alma de Caty como un canto en sí mismo, cuya melodía brotaba y cedía con la angustia de su corazón. El canto aumentaba, añadiendo hebra sobre hebra, en un largo crescendo mientras que la floresta cantaba en quieta armonía en sus propios suspiros anhelantes.

Sólo el bosque podía escucharla; con gentileza recibió sus lamentos y los alejó con la brisa. Nada interrumpió el momento; nada había que las hiciera apresurarse. Estaba libre para llorar, para mecerse suavemente con estas pequeñita entre sus brazos, mientras el bosque las abrazaba a su vez, la suave luz las arrullaba, y el arroyo cantaba dándoles más seguridad.

Había paz allí, lo suficiente como para cubrir-las y protegerlas, hasta que el corazón de Caty quedó libre.

Mucho más tarde, habiéndose agotado en lágrimas, en limpiamiento, en restauración, el lamento empezó a disolverse, a calmarse, y a mezclarse calladamente con los demás sonidos del bosque. Caty hundió la cabeza y aflojó la tensión de su cuerpo. Tily se movió impercep-tiblemente. Caty aflojó un poco el abrazo por primera vez, y pudo sentir que sus brazos le dolían.

Casi ni pudo hablar.

—¡Oh Tily, no puedo creer que te estoy abrazando! No pensaba que algún día me ibas a dejar que te abrazara.

—Nunca supe si usted quería hacerlo.

—¡Oh, claro que lo quiero! Realmente lo quiero.

Tily continuó con sus bracitos alrededor del cuello de Caty.

—No me suelte. Nunca antes me había sentido en brazos de mi propia mamá.

Caty le dio otro apretón.

—Tily, ¿desde cuándo lo supiste?

Tily se arrellanó hacia atrás, lo suficiente apenas como para ver a su madre a los ojos, con su carita llena de asombro y delicia.

—Creo... creo que siempre supe que era usted. La primera vez que la vi, ¡yo sabía que usted era mi mamá!

—De modo que... ¿por eso era que llorabas?

—No pude evitarlo, mamita. No pude evitarlo. Yo estaba en realidad viéndola a usted. Siempre me pregunté cómo sería usted. Todo lo que podía recordar era el sonido de su voz.

Los ojos de Caty volvieron a llenarse de lágrimas.

Tily le tocó la cara.

—¿Está contenta, mamita?

Caty asintió, y parpadeó para secarse las lágrimas.

—¡Oh, sí, Tily! Estoy muy contenta.

—Yo también lo estoy.

—Nunca te había echado tanto de menos. Incluso cuando trataba de no pensar en esto, en mi corazón siempre te echaba de menos.

—Y yo también siempre la eché de menos.

—Y luego... cuando me dijiste tu nombre... Tily, allá adentro en mi corazón, por nueve años, te he conocido por nombre. Ese es tu nombre.

Tily se sintió contenta de oírlo.

—Y voy a conservar ese nombre. ¡Gracias, mamá!

Caty la atrajo para abrazarla de nuevo.

—¡Tily!

Permanecieron juntas en la lomita de hierba, sin ningún otro plan por el momento. Iban a estar allí por largo rato.

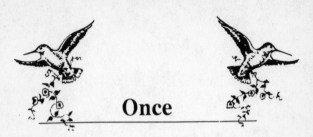

# Once

Daniel se detuvo en el portal de la pequeña cabaña, revisando nerviosamente su traje y su corbata. El tránsito de la tarde, siendo la hora en que la gente regresaba a casa, rugía en la calle. El pastor O'Cleary golpeó suavemente en la puerta, la cual se abrió de inmediato.

¡Vaya! Allí estaba. Después de nueve años Daniel todavía recordaba su cara.

—¿Cómo está, pastor? —preguntó ella.

O'Cleary miró a Daniel.

—Señora Mendoza, le presento al señor Daniel Ross.

Ella le extendió la mano.

—¿Cómo está, señor Ross?

El tomó su mano entre las suyas, y la miró directamente a sus profundos ojos castaños, a su rostro suave y compasivo.

—Me siento muy honrado. Gracias por dejarnos pasar a visitarla.

Ella abrió la puerta de par en par.

—¿Me harían el favor de pasar?

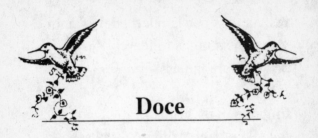

# Doce

En algún lugar entre los árboles, correteando por un sendero no muy visible por entre las enredaderas y las flores, una madre y su risueña y juguetona hijita, gritaban y se reían, jugando juntas como si siempre lo hubiera hecho así, como si fuera la cosa más natural del mundo.

—¡Vamos, canta! —dijo Caty.

—Está bien, pero usted tiene que cantar también —dijo Tily bromeando.

—¡Oh! —dijo Caty, tratando de recobrar el aliento—. Veamos, ¿por dónde empezamos?

Tily propuso una canción para empezar. Caty reconoció la canción, y el canto empezó: un dúo feliz, juguetón, entonado por estas dos ciudadanas del bosque.

Compañera, sal a jugar conmigo,
trayendo tus tres muñecas.
¡Sube conmigo al árbol!
¡Rodemos cuesta abajo en mi barril,

resbalemos por la puerta del sótano,
y seamos amigas felices
por siempre jamás!

Entonces Tily gritó:

—¡A que llego primero a ese árbol!

—¡Oh —se quejó Caty— vas a dejarme agotada!

Los arbustos se sacudieron, la hierba crujió, y sus pasos retumbaron.

Y por allí venían, bordeando y bajando la colina. Los bracitos de Tily se movían rítmicamente, y Caty se esforzaba por mantenerse a la par de ella.

—¡Hey! ¡No tan rápido! —protestó Caty riéndose.

Todo lo que Tily pudo hacer fue lanzar un gritito de alegría.

Tily llegó primero al árbol, le dio una vuelta alrededor, y luego se echó a rodar por el césped, desapareciendo en medio del alto cojín de hierba, dejándose ver únicamente sus brazos y sus piernas. Caty llegó al árbol, y se alegró de que la carrera hubiera terminado. Se agarró del árbol, resoplando y buscando aire.

La cabecita de Tily se asomó por sobre la hierba.

—Usted corre muy bien, mamá.

Caty se sintió muy contenta por el espectáculo.

—Bien, ahora ya sabes de dónde sacaste esas piernas tan ligeras.

Entonces pensó en las flores, aquellas flores risueñas, que se inclinaban, y que se sacudían a su alrededor, miríadas tras miríadas, y del púrpura más hermoso que jamás había visto.

—¡Oh! —dijo, como si acabara de ocurrírsele una idea—. Está bien, yo sé que no puedo dejar pasar esto.

Tily mostraba curiosidad.

—¿Qué?

Caty empezó a reunir varios capullos, buscando cuidadosamente los apropiados.

—Ven. Quiero enseñarte cómo ponerte estas flores en tu pelo.

Tily abrió grandemente sus ojitos por la emoción.

—¿Va usted a hacer que me vea bonita, mamá?

—Tú ya eres muy linda, corazón. Ven, siéntate aquí.

Tily halló una piedra en la cual sentarse, y así lo hizo, mirando al frente, sentándose muy derechita. Estaba lista.

Caty sacó un peine de su bolsillo, y empezó a explorar las posibilidades de arreglo en las largas trenzas de Tily.

—He estado añorando poder hacer esto.

Tily se agitaba por la emoción.

—Nunca había hecho esto antes.

—Bien, pues. Quédate quieta ahora. ¡Vaya! ¡Sí que tienes el pelo grueso! Igualito al de tu padre.

—¿Pone Amelia flores en su pelo?

—¡Uhm, sí, sobre todo en primavera! Pero ella hace muchas cosas diferentes con las flores.

—Bueno, cuando usted regrese, todos podremos estar juntos, y enseñarnos unos a otros muchas cosas.

Caty dejó que el pensamiento se fuera. Todo lo que quería era peinar el pelo de su hija.

—Peinémoslo de esta manera. Quiero ver tus mejillas sonrosadas.

—No puedo esperar hasta ver a Amelia y saber cómo pinta.

—Bueno, pues, eso ocurrirá cuando ocurra... Pero, ¿qué importa si estamos juntas ahora?

—Así es. ¡Cómo quisiera que usted se pudiera quedar más tiempo!

—Cariño, realmente no hay por qué hablar de eso ahora.

Tily trató de volver la cabeza.

—Mamá, tenemos que hacerlo.

Caty hizo como que no hubiera oído.

—¡Procura no moverte! Estoy creando una obra maestra.

Tily se quedó quieta mientras Caty arreglaba las flores en su pelo. Tily y las flores habían sido hechas la una para la otra.

Pero Tily seguía insistiendo.

—Mamita, hay algo que tengo que decirle.

—¿Qué es?

Tily dijo algo. Caty captó sólo algunas palabras, pero no todas. Otro sonido se había interpuesto, otra voz.

—Tily, ¿qué dijiste?

—Mamita, por favor, no vuelva a sentirse mal. Recuerde que Jesús...

La otra voz se dejó oír de nuevo, apagando la voz de Tily.

—Caty —decía.

Caty sacudió la cabeza apenas un poco. Era algo irritante, perturbador.

—Tily, lo siento, no alcancé a oírte.

Tily habló fervientemente.

—Jesucristo la ha perdonado ya hace mucho tiempo, y usted tiene que saberlo. Por favor, no continúe sintiéndose mal.

Caty miró de nuevo esos hermosos ojos.

—Tily, tú sabes cuánto significa eso para mí.

¡Esa voz otra vez!

—Caty, cariño...

Era Daniel. ¡Daniel la estaba llamando!

Caty se tapó los oídos con las manos.

—¡Oh, por favor, no lo hagas!

Tily estaba desesperada. Tenía que decir algunas cosas, y tenía que hacer que su madre la escuchara.

—¡Mamá, escúcheme! ¡Míreme!

La vocecita de Tily sonaba tan apagada; Caty podía ver a su hijita pero...

—¡Habla más alto, Tily! ¡No puedo oírte!

Las manitas de la niña se extendieron hacia ella. Caty trató de tomarlas entre las suyas, pero no alcanzó a llegar a ella. Se esforzaba por alcanzarlas.

—Mamá —dijo ella—, recuerde siempre que la quiero mucho.

Daniel volvió a llamarla.

—Caty, despierta...

Caty hizo otro esfuerzo, casi cayéndose hacia adelante. Alcanzó a tomar las manitas, y las apretó fuertemente.

—Toma mis manos, Tily. ¡No te sueltes!

Las flores de la pradera se veían emocionadas. Ondulaban hacia adelante y hacia atrás, frenéticamente. *Miren,* parecían decir, *miren, ¡algo va a pasar!* Un viento frío soplaba, haciendo crujir las copas de los árboles.

Tily se aferró fuertemente a las manos de su madre.

—Y recuerde siempre que yo ya no estoy sufriendo más.

Caty se halló a sí misma gritando, temiendo que la niñita no pudiera oírla.

—¿Ya no sufres más? ¿Estás segura?

La voz de Tily sonaba como si se hallara al otro lado de una ventana muy gruesa. La luz de alrededor se iba convirtiendo en el ominoso gris que precede a la tormenta. El viento agitaba el bosque, anunciando dificultad, ruido y confusión.

—¡Ya no estoy sufriendo nada! —se dejó oír la voz de Tily—. ¡Soy feliz aquí!

La voz de Daniel parecía proceder del cielo, como un trueno distante.

—¡Caty, ya es hora de que despiertes!

Ella miró hacia el cielo nublado, y lanzó un gemido hacia el viento.

—¡No! ¡No! ¡No quiero irme!

Tily le dio un tirón a su mano, implorándole en su vocecita que sonaba tan lejana.

—Tiene que hacerlo, mamita. Bruce y Amelia y Tomás y papá... todos ellos la necesitan. Yo puedo estar sin usted ahora. Yo la esperaré. La quiero mucho, mamita. Los quiero a todos ustedes.

Daniel se hallaba muy cerca ahora.

—Caty, vamos, cariño. Despierta.

Caty hizo sombra con su mano sobre sus ojos, y buscó con la mirada a Tily. La imagen de su hijita se iba desvaneciendo, desapareciendo en la neblina gris y difusa.

—¡Oh, por favor, Señor, déjame verla una vez más!

—¡Déjame ver tu carita, Tily! ¡Déjame verla como se ven las flores!

Allí estaba ella, lejos, pero sonriendo, agitando sus manitas, con su pelo exactamente como Caty lo había peinado, las flores brillantes y perfectas.

Tily volvió a llamarla a través del abismo que se agrandaba a cada momento.

—La vida no es tan larga. Usted me verá. Entonces podrá abrazarme todo lo que quiera, y nunca más tendrá que llorar.

—¡Te ves hermosa!

—¡Siempre conservaré estas flores, mamita!

¿Fueron las nubes que nublaron su sueño que se desvanecía, o fueron las lágrimas en sus ojos lo que finalmente borraron la visión de su hijita? La preciosa vista casi había desaparecido. La distancia la devoraba.

—¡Dame una gran sonrisa! ¡Déjame contemplarte!

Allí estaba otra vez la sonrisa. Se agitaban unas manitas. Se escuchaba una vocecita distante y melódica, que decía:

—¡La quiero mucho, mamita! ¡La quiero!

Caty pudo sentir una mano que se posaba sobre su hombro, el calorcito de las frazadas, los aromas del dormitorio tan conocido. Oyó de nuevo un muy distante:

—Te quiero.

Luego se oyó una voz que sonaba más real.

—Caty...

Se despertó sobresaltada. La luz inundó sus ojos. La información halló cabida en su cerebro. El cielo raso. La cama. Daniel.

Se sentó de un salto. El sueño se desvanecía. No quería quedarse. Sus ojos le hacían notar verdades inmisericordes: la luz maravillosa había desaparecido de las ventanas... el patio de atrás estaba en silencio... el reloj estaba en su puesto, tesoneramente recordándole cuán avanzada hora del día era. Su esposo, su amante esposo, se hallaba a su lado, calmándola con su mano, reconfortándola con su voz.

*Sueño, por favor, regresa. No seas un sueño. Sé parte de mí para siempre. Vive en mi mente, sé real en mi corazón. No me dejes.*

Pero lentamente, deliberadamente, aquel sueño se alejaba, y ella se hallaba despierta. Empezó a llorar.

—Vamos, Caty —dijo Daniel suavemente—, todo está bien. Soy yo. Tú estás bien. Estás aquí en tu propio dormitorio. Todo está bien.

Ella trató de dejar de llorar. Miró alrededor como para asegurarse de que todo era tan real como parecía. Lo era.

—Bueno —admitió finalmente—, creo que todos tenemos que despertarnos alguna vez. ¿No es cierto?

—¿Por qué estás llorando?

Caty podía sentir todavía en el corazón el dolor de la pérdida. Era lo suficientemente real.

—Estaba soñando. Eso es todo.

—Has estado durmiendo todo el día. Debe de haber sido un sueño muy especial.

—¡Oh... no era nada!

No, Caty era diferente. Las cosas iban a ser diferentes.

—¡No! Había más. Daniel, tengo que contártelo. Tenemos que hablar.

—Ya hablaremos. Ya hablaremos. Te lo prometo.

—No. Ahora mismo.

Daniel se inclinó hacia ella, y le tomó de la mano para ayudarla a saltar de la cama.

—Hay alguien allí afuera. Quiere conocerte.

La sola idea le pareció ridícula.

—Daniel, ¡mírame! ¡No estoy como para ver a nadie!

El se limitó a sonreír.

—Tómate todo el tiempo que quieras. Valdrá la pena. Te lo prometo.

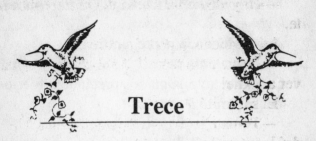

# Trece

Encaminándose hacia la sala, Daniel abrazaba suavemente a Caty, y tuvo tiempo para decir sólo una frase.

—Después de esto, tendremos tiempo para hablar.

Caty le creyó. Algo había cambiado mientras ella dormía.

Entraron a la sala, y por un momento el sueño pareció retornar. Podía sentirlo, recordarlo.

Tenía que ser la mujer que se levantaba del sofá, para saludarla. ¿Era ella real? Aquel momento en el cementerio bien podía haber sido parte del sueño, pero... no. Esta era la mujer, sonriendo tímidamente, extendiéndole la mano.

—¿Señora Ross?

Caty le tomó la mano entre las suyas, y la miró en los profundos ojos oscuros.

*Yo la conozco. El sueño fue real, para mí.
Todavía es mío.*

Anita Mendoza le preguntó:

—¿Se acuerda de mí?

Caty le retuvo la mano apretándola fuertemente.

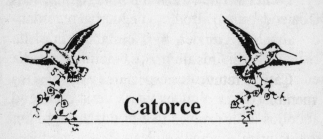

# Catorce

Era un día de abril. Una primavera como tantas.

Podía haber sido otro funeral, este pequeño grupo de personas de pie en el vasto campo del viejo cementerio. Pero era una reunión.

Daniel estaba allí, con Caty muy cerquita, y sintiéndose más cerca de ella de lo que jamás lo había estado. Bruce también estaba allí; no se hubiera perdido esto por nada en el mundo. Amelia no podía contener las lágrimas de gozo. ¡Al fin había encontrado a su verdadera madre! Tomás no entendía nada, pero prestaba atención; algún día todo cobraría debido significado.

Anita también estaba allí. Su tiempo de lamentarse había llegado a su término. Les había mostrado dónde estaba la tumba, y pronto, con un beso y una bendición, les dejaría a solas.

Y Caty se quedaría allí por largo rato, sentada en la suave alfombra de hierba, recordando aquellos grandes ojos castaños, la risita risueña, y aquellos amorosos bracitos. Pensaría en aquellos momentos especiales junto al arroyo cantarino, y algunas veces vería de nuevo aquellos altos árboles que brindaban refugio; con la brisa soplando suavemente, el perfume de aquellas flores púrpuras distantes llegaría hasta ella.

Y ella lloraría quedamente, con este y con cada nuevo abril, por todos los niños que no tienen nombre ni tienen padres, que viven todavía aunque nunca nacieron.

Pero sobre todo, lloraría por la pequeña hija que nunca conoció, y llamaría susurrando a lo que siempre había conocido:

—¡Tily, te quiero mucho!

Pero ahora su corazón estaba en paz, y la paz se quedaría con ella. Sólo quería recordar.

Sólo recordar...

EDITORIAL
Vida

La mejor literatura cristiana en español en el mercado.
• para su inspiración
• para su información
• para satisfacer sus necesidades
He aquí sólo algunos de los grandes libros que hemos publicado . . .

# EL PODER DE LA FE
# CRISTIANA EN LA SANIDAD
# EMOCIONAL

Durante muchos años la psiquiatría y la religión se han considerado como si fueran adversarias. El doctor Wilson en *El poder sanador
de la gracia* trata de probar que la religión y la psiquiatría pueden
trabajar unidas como aliadas poderosas para sanar.

Por medio de su historia personal y de los casos clínicos
espectaculares de sus pacientes demuestra que Dios es un amoroso
Dios que apasionadamente desea la plena salud para todas las
personas. Ofrece a sus lectores nada menos que la oportunidad de
experimentar de primera mano el toque sanador del amor de
Dios.

# TEMAS DE INTERES PARA
# *la* FAMILIA

Una exposición franca sobre las relaciones amorosas

Una exposición franca del Cantar de los Cantares

Una exposición franca sobre el embarazo indeseado

Una exposición franca sobre la familia

En esta serie de cuatro libros, el pastor Caio Fabio trata temas muy necesarios para nuestros días: **El Noviazgo** nos presenta una discusión sincera y seria sobre las relaciones amorosas antes del matrimonio, así como su propósito, sus peligros y desafíos. **El Amor y el Sexo**, basado en el Cantar de los cantares, nos reta a restaurar los lazos de nuestra relación conyugal; nos motiva a expresar nuestros sentimientos y a apreciar el matrimonio.

**EL Aborto** nos ayuda a identificarnos con la mujer que pasa por un momento de pasión. . ., un descuido. . ., un embarazo indeseado. . ., por la angustia y por la desesperanza... ¿Qué dice el Creador del mundo de esa criatura no deseada? El autor nos ayuda a encontrar la respuesta. En **El Hogar** somos confrontados con una familia común, donde los niños lloran y riñen; donde los padres se cansan y se irritan; donde la tensión es una posibilidad siempre presente; pero, sobre todo, donde las personas pueden amarse, aceptarse y perdonarse.

Vida

# ESTE LIBRO LE ENSEÑARA A CONTROLAR SUS EMOCIONES

En este libro — que es realista a la vez que plenamente alentador — el doctor Dobbins nos presenta la relación fundamental que hay entre nuestra experiencia espiritual y la salud mental y emocional. Nos enseña también a tener una comprensión clara de los sentimientos y de cómo desarrollar maneras bíblicas de gobernarlos y exteriorizarlos.

*Su poder espiritual y emocional* le dará a usted:
- Cuatro pasos bíblicos para mejorar la imagen de sí mismo
- Soluciones para conquistar sus temores
- Una fórmula de cuatro partes para resolver su ira
- Sugerencias prácticas para controlar la depresión
- y mucho más

# AYUDA EN LA DEPRESION, EL SENTIMIENTO DE CULPA Y LA SOLEDAD

Este libro es para todo el que busque ayuda en medio de la depresión, el complejo de culpa, la soledad, la amargura, el aburrimiento, la preocupación, el temor, la duda y el desengaño. Todos estamos sujetos a uno o más de estos en algún momento de nuestra vida.

*Señor, tengo un problema* es para el que no está dispuesto a dejarse vencer por estos problemas. Guía al lector a la palabra de Dios para solucionar y promover una vida positiva en Cristo.

# Del vicio a la victoria

Esta historia supera a la de la Cenicienta. Nadie hubiera soñado que la prostituta drogadicta que deambulaba por las calles miserables de Nueva York pudiera llegar a tener una transformación tan completa.

La autobiografía de Cookie Rodríguez, renombrada autora del éxito de librería "Señor, hazme llorar", conmueve al lector menos impresionable. Excelente para las muchachas y las mujeres que todavía necesitan la salvación, el cambio y la esperanza que sólo puede dar Jesucristo.